저는 치과기공사입니다

환자 치료를 위한 치아 교정 장치를 만드는

저는
치과기공사입니다

이푸름
지음

슬로디미디어

추천사

_최윤석(제로네이트랩 대표, 혜전대학교 치기공과 교수)

우리는 살면서 매번 새로운 것을 배우고 습득해야 합니다. 하지만 오늘 할 일을 다 마치기에도 하루의 시간은 부족합니다. 물론 과거보다 지금, 그리고 내일 점점 좋아지고 있지만 치과기공사란 참으로 바쁜 직업입니다. 이렇게 바쁜 와중에 고민스럽게 써 내려간, 저자의 경험으로부터 나온 내용들이 무겁지는 않지만 꽤나 사실적으로 느껴집니다. 이 책으로 모든 치과기공사를 설명할 수는 없겠지만, 평범하면서도 조금은 특별한 치과기공사의 삶이 궁금하신 분이라면 이 책을 통해서 엿볼 수 있기를 바랍니다.

_이낙원(작가, 호흡기내과 의사)

저자는 일과 삶의 균형, 워라벨을 잘 알고 지켜나가고자 합니다. 치과기공사로서의 작업 결과물에 보람을 얻고, 독서와 글쓰기로 위로를 얻으며, 또 다이나믹한 에너지는 드럼으로 쏟아냅니다. 그는 하루를 일기로 마무리했고, 글이 물들면 삶이 더 나아지는 것 같다고 고백합니다. 치과기공사의 삶이 궁금하신 분들, 반복되는 하루가 지루하다고 느끼는 분들에게 이 책을 추천하고 싶습니다. 치과기공소에서 벌어지는 재미난 일화들은 덤일 겁니다.

프롤로그

치과기공사가 운명의 직업은 아니지만

내가 고등학교 2학년 때, 어머니는 인천 지역 큰 대학병원의 간호조무사로 근무하고 계셨다. 어느 날 병원 앞에 외제차가 멋지게 들어섰고, 차에서 내린 사람은 작은 보따리를 들고 헐레벌떡 병원 안으로 뛰어 들어왔다. 자연스레 병원에 있던 사람들은 그 사람의 정체에 대해서 궁금해했다.

"외제차 끌고 온 사람 누구야?"
"우리 병원이랑 거래하는 치과기공소 소장이래."

외제차의 주인은 대학병원 내 치과와 거래를 하고 있는 치과기공소 소장이었고, 치과에서 의뢰한 약속 시간에 늦어 직접 병원에 온 것이었다. 퇴근까지 어머니의 머릿속에서는 소장의 모습이 떠나질 않았고 집에 오자마자 티브이를 보며 누워있는 고등학생 아들에게 말씀

하셨다.

“아들! 너 치과기공사 할래?”

뚜렷한 미래 계획이 없던 나는 자연스럽게 어머니의 바람대로 치과기공과가 있는 전문대학에 입학을 했다. 치과기공사에 대한 아무런 기본정보 없던 나에게는 모든 것이 새로웠고, 성격을 고려하지 않은 채 한 선택으로 학기 초부터 학과 분위기에 적응하지 못해 방황하며 지냈다. 깊은 고민 없이 했던 나의 선택으로 만들어진 결과는 고스란히 내가 짊어져야 했다. 결국 학교생활에 적응하지 못한 채 나는 휴학을 결심했다. 총 4년의 휴학 기간 동안 2년은 군대를 다녀오고, 또 나머지 2년은 다른 학교를 가기 위해 준비를 하기도, 작은 회사에 취직해서 일찍부터 사회생활을 하기도 했다. 그러나 휴학의 기간이 다 끝나갈 때쯤 결국 다시 제자리로 돌아와 학업을 마무리하고 우여곡절 끝에 졸업을 했다. 그리고 현재는 9년 차 치과기공사이며 인천 소재 교정기공소 소장으로 성실하게 일하는 중이다.

다시 대학으로 돌아갔을 때는 예전과 마찬가지로 적응하기가 어려웠었다. 그때마다 내게 힘이 되어준 건 오랜 노력 끝에 만든 나의 작업물과 저녁마다 글을 끄적이던 시간이었다.

때때로 글쓰기가 가진 힘을 느낄 때가 있다. 명확하게 정의 내리기는 어려운 그런 신비로운 힘. 글을 쓰기 위해서는 그날의 하루를 다시 되새겨 봐야하고 그 순간에 내가 무슨 생각을 했는지, 내 기분은 어땠는지 솔직하게 바라봐야 한다. 그런 과정에서 과거의 모습을 반성하기도, 힘들었던 나를 위로할 때도 있다.

대학에서의 글쓰기는 내게 비밀을 나눈 친구와도 같았다. 수업에서 다른 학생들을 따라가지 못해 학교 문이 닫힐 때까지 남아서 밀린 과제를 하더라도 포기하지 않을 수 있는 힘을 주었다. 그렇게 포기하지 않고 만든 작업물은 큰 기쁨과 성취감을 느끼게 해주었고, 또 교수님은 제자의 발전하는 과정을 주로 보셨기 때문에 나쁘지 않은 성적을 주셨다.

잘못된 선택을 앞에 두고 포기하는 것도 방법일 수 있겠지만, 포기할 수 없는 상황이라면 나에게 힘을 주는 것이 무엇인가 찾아보는 것은 어떨까. 또 그동안 이뤄낸 결과물을 떠올리며 자신을 스스로 위로해보는 것도 좋을 것이다. 나의 경우에 글쓰기는 위로였고, 작업

물과 기대 이상의 성적은 버틸 수 있게 만드는 힘이었다. 포기하지 않고 최선을 다한 노력은 내가 모르는 사이에 나를 성장시키고 있었다. 나의 몸은 나의 노력을 분명히 알고 있다. 이렇게 노력의 열매를 맛본 사람이라면 잘못된 선택이라 생각했던 길일지라도 쉽게 포기할 수는 없을 것이다.

그렇게 이 책을 통해서, 운명이 아닌 우연으로 만들어진 현재일지라도 그 과정에서의 고민과 최선의 노력이 만들어낸 나의 모습을 믿고 각자의 하루 안에서 스스로를 다독이며 앞으로 나아갈 수 있는 시간을 갖게 되길 바라는 마음이다.

차례

2부 우리는 변해야 한다

1부

치과기공사의 일상

나의
직업은

"무슨 일 하세요?"
"치과기공사입니다."
"치과기공사? 치과위생사랑 다른 건가요?"
"치과기공사는 틀니, 크라운, 교정 장치와 같은 보철물을 만드는 직업입니다."
"아, 치과기공사! 그거 돈 꽤나 번다던데?"

치과기공사에 대해서 알고 있는 사람이 얼마나 있을까? 대부분은 치과기공사를 치과위생사로 착각하고 있거나, 간혹 알고 있는 사람이 있더라도 자세하게 알고 있는 경우는 드물다. 이렇게 사람들의 보편적인 인식 속에 치과기공사의 인지도는 현저히 낮으며 대부분의 환자들은 자신의 치료 과정에서 우리의 존재를 모른다.

치과기공사는 치료 과정 중 보이지 않는 곳에서 보철물과 틀니, 교정 장치 등 다양한 형태의 치과기공물을 제작한다.

간단히 치과기공사의 업무 분야를 소개한다면 크게 네 가지로 나뉜다. 크라운Crown, 포세린Porcelain, 덴쳐Denture, 교정이다. 그러나 요즘은 캐드캠CAD/CAM, 3D 프린터를 이용해 보철물과 장치를 제작하는 치과기공소가 많아졌다.

크라운 기사는 흔히 알고 있는 구치를 주로 만드는 일을 한다. 예전에는 금이나 메탈로 많이 했지만 요즘은 재료가 상당히 발달되어 치아 색을 그대로 표현해낸 지르코니아, 이맥스 등 다양한 재료로 치아를 만들 수 있다. 포세린은 도자기라는 말처럼 주로 임플란트 위에 심는 치아로, 높은 열을 가해 구워내듯 치아를 만든다. 주로 전치부를 제작하는 경우가 많고 전치부의 역할 중 가장 중요한 요소인 심미 회복을 위해 상당한 눈썰미와 기술이 필요하다. 다음은 흔히 틀니라고 불리는 덴쳐다. 치아가 부분적으로 빠져 있거나 전체가 없는 경우, 또는 잇몸이 건강하지 않아 임플란트가 힘들 경우 덴쳐를 이용해서 치아의 기능을 회복한다. 마지막으로 교정의 주 업무는 교정이 끝난 후에 치아가 원래 자리로 돌아가지 못하도록 잡아주는 유지 장치를 제작하지만 사실 교정 치료에 관련된 모든 장치를 제작 및 수리한다.

이 중 내가 일하는 분야는 교정이다. 그러나 간혹 누군가 나의 직업에 대해 물으면 '교정 업무를 담당하는' 치과기공사라고 소개하지 않는다. 구구절절 설명이 길어지기 때문에 사람들이 흔히 알고 있는 틀니 만드는 사람, 크라운 만드는 사람이라고 소개한다. 치과기공사라는 직업은 사람들에게 흔히 알려진 직업이 아니면서, 그중에서도 교정기공사는 치과기공사들 사이의 비주류이기에 나의 직업 설명을 해야만 할 때 늘 어려움을 느낀다.

사람들에게 알려지지 않는 직업 중에서도 비주류인 교정기공사가 나의 직업이다. 교정기공사로서 살고 있는 나의 삶은 참 다사다난하다. 글쓰기로 삶의 위로와 힘을 얻는 나에게 교정기공사라는 직업은 매일 신선한 주제를 제공해준다.

제조업에게 딜레마는
노력의 산물

제조업 분야에서 오랜 시간 근무한 사람들이라면 한 번쯤 자신의 몸이 마치 기계가 된 것 같다는 생각을 해봤을 것이다.

경력이 오래된 치과기공사일수록 아무런 표정도 없이 멍하니 제작만 하고 있는 자신의 모습을 자주 볼 수 있다. 비단 치과기공사뿐만 아니라 제조업에 근무하는 사람들에게는 고경력자일수록 이런 모습이 자주 나타난다. 나도 크게 다르지 않다. 아무런 즐거움 없이 반복적인 작업만을 하고 있는 나의 직업에 회의감을 느끼기도 했고 그렇기에 삶의 변화가 필요하다는 생각이 들 때가 꽤 있었다. 그러던 어느 날 우연히 피겨스케이팅 김연아 선수의 인터뷰를 접했다.

“연습할 때 무슨 생각하시나요?”
“무슨 생각을 해요. 그냥 하는 거죠.”

김연아 선수가 경기 중 기술을 선보이기 전에 ‘나는 정확하게 몇 바퀴를 돌고 이 지점에 떨어져서 팔을 벌려야겠다’라고 생각하며 뛸까? 아마 아닐 것이다. 분명 연습을 할 때는 수많은 생각을 하며 빙판 위에서 피와 땀을 흘렸겠지만 연습과 다르게 실전에서는 몸이 기억하는 대로 점프 기술을 선보였을 것이다. 그렇기에 우리가 보는 김연아 선수의 아름다운 점프는 수없이 연습한 노력의 산물을 고스란히 보여주는 찰나의 순간이 되는 것이다.

이는 제조업이라는 직업의 특성과도 어느 정도 일관성이 있다. 치과기공사에게도 익숙함이란 수많은 노력과 연습이 뒷받침되었기 때문에 가능한 것이다. 내 몸이 특별한 생각 없이 뚝딱뚝딱 기계처럼 장치를 제작했다면, 그것은 반복의 연습으로 이뤄낸 노력의 산물이다. 나의 하루가 지난날과 똑같이 반복된 하루였다 할지라도 자신을 너무 질책할 필요가 없다는 생각을 한다. 분명 그 하루도 분야의 전문가가 되기 위한 숭고의 과정이다.

우리가 하루 중 '내가 지금 무엇을 하고 있는가'를 의식하는 순간이 과연 얼마나 될까. 상당부분은 다른 날과 크게 다르지 않기 때문에 무의식 속에 흘러갈 것이다. 이런 작은 움직임들은 과거의 삶을 보여주고 있다. 현재 자신의 상태를 비난한다는 것은 내 과거의 삶을 후회하는 것이다. 과거에 노력했던 나의 모습을 스스로 잊지 말기를 바라며 그동안 충분히 열심히 살았다는 위로를 전하고 싶다. 지금 나의 모습은 열심히 노력해 온 과거의 내가 있었기 때문에 가능했다는 것을 잊지 말자.

부지런해서
생긴 일

모든 사람은 적어도 한 개 이상의 장점을 가지고 있다는 글을 본 적이 있다. 내 장점은 무엇일까, 오랫동안 생각했지만 스스로 찾을 수 없었다. 가장 가까운 거리에서 나를 지켜보는 어머니와 아내에게 물으니, 두 사람은 고민도 없이 나의 장점은 부지런함이라는 대답을 했다.

생각해 보면 언제나 이른 시간에 일어나 쉬지 않고 매순간 무언가를 했다. 그러나 부지런함이라는 것이 여느 장점처럼 눈에 직접적으로 드러나는 것도 아니고 많은 돈을 벌 수 있는 것도 아니라서, 괜한 오기로 나의 장점이라 생각하고 싶지 않았다.

나는 평일에는 물론이고 주말에도 새벽 6시면 일어

나서 하루를 시작한다. 일어나자마자 헬스장에 가서 운동을 하거나 결혼 후 떨어져 지내는 부모님을 찾아가 함께 아침 식사를 한다. 세상이 환해진 8시쯤 되었을 때, 막 영업을 시작한 집 앞 카페에 첫 손님으로 방문하여 가장 좋아하는 창가 자리에 앉아 커피를 마시며 밀린 일기를 쓰거나 독서를 한다. 이후의 시간은 아내와 함께 보내거나 개인적인 업무를 한다. 이렇게 쉼 없이 움직이는 주말 오전의 생활을 오랜 시간 꾸준하게 지키고 있다. 물론 평일에도 일찍부터 일어나서 하루를 시작하는 건 매한가지다. 치과기공사 일을 시작한 이후로 지금까지 매일 한 시간씩 일찍 출근을 하고 있다.

이른 새벽부터 일찍 일어나서 쉼 없이 움직이는 부지런한 행동 루틴에서 단점을 찾기란 어렵다.

우선 출근길 대중교통이 여유롭다. 많은 아파트 단지를 거치는 버스도 보통 많은 사람들이 출근하는 시간대 전이기에 북적거리지 않는다. 아직 꿈나라인 사람들 덕에 여유로이 착석이 가능하다. 두 번째는 지각을 할 일이 없기 때문에 선배들이나 소장님에게 언제나 좋은 이미지를 가지게 된다. 입사 1년 차에 조기 출근을 할 땐 말도 많고 탈도 많았다. 매일 한 시간 일찍 출근하여 부족한 실력을 채우기 위해 연습을 하거나 기공소 청소를 도맡아 했었다. 당연히 선배들에게 자주 칭찬을 들었지만, 솔선수범 혼자 하는 청소는 입사 동기들에게 미움받기 좋은 행동이었다. 눈치 없는 나의 그런 행동은 입사 동기들의 술자리에서 안주거리가 되었다. "잘 보이기 위해 애쓴다" "유난이다" 등의 이야기를 들으며 동기들 사이에서 겉돌기도 했다. 부족한 실력으로 동기들에게 폐를 끼치는 게 싫어서 일찍 출근을 했지만 결국 이런저런 눈칫밥으로 기공소 주변 패스트푸드 음식점에 앉아 있다가 정해진 출근시간에 맞춰 들어가기도 했다. 한 번 뇌리에 박힌 이미지를 바꾸기란 힘들었지만 나름의 애를 썼었다. 계속 함께 일을 해야 하는 사람들에게 미움 받는다는 건 앞으로의 기공소 생활이 행복할 수 없을 거라는 생각에 한동안은 사탕이나 초콜릿 같은 간식거리를 주머니에 넣고 다니며 동료들 유니폼 주머니에 쏙 넣어주며 말을 걸었던 기억이 있다. 이런 노력에 나중에는 그들도 지난 나의 행동에 그들을 향한 악의는 없었다는 것을 알게 되었다.

기공소 실장이 되어서도 여전히 한 시간씩 일찍 출근하고 있다. 입사 초반의 동기들처럼, 처음엔 후배들도 나의 이런 모습을 불편하고 어려워했다. 후배들도 나름 일찍 출근했지만 실장이 더 일찍 출근해서 일할 준비를 하고 있으니 얼마나 불편했을지 말하지 않아도 알고 있다. 나는 아침에 일찍 와서 조용히 내 할 일만 하겠으니 신경 쓰지 않아도 된다고 했지만, 후배들에게 이런 말을 한다고 해서 그들이 느끼는 불편함이 없어지지는 않을 것이다. 그렇다고 불편해하는 후배들 때문에 몇 년 동안 내가 다져온 삶의 루틴을 바꾸고 싶지 않았다. 서로의 루틴이 익숙해질만큼의 시간이 지나 후배들은 특별히 불편해하는 기색 없이 자유롭게 출근하고 있고, 무언가를 더 배우거나 연습하고 싶은 후배들은 나와 출근시간을 맞추고 내게 자주 질문하면서 실력 또한 많이 향상시키고 있다.

혼자 맞이하는 아침의 모든 순간은 내게 그저 좋을 뿐이다. 치과기공사 1년 차 때의 아침은 동기들보다 부족한 실력을 따라잡기 위한 연습 시간으로 보냈고, 지금은 기공소의 많은 일을 책임져야 하는 입장으로서 실수 없는 상황을 위해 기공소의 전반적인 상황을 둘러보는 시간으로 보내고 있다. 여전히 주말의 아침은 손님 없는 카페에서 라디오를 듣고 커피 한 잔 하면서 책을 읽거나 일기를 쓴다. 이렇게 남들보다 일찍 시작하는 아침이 가진 단점을 아직까지는 찾지 못했다.

치과기공사에게
대화의 기술이란

치과기공사가 되고 나서 새롭게 알게 된 사실이 하나 있다. 장치를 능숙하게 제작하는 기술과 더불어 전화를 받는 기술도 중요하다는 것. 치과에서도 나름의 사정이 있다는 걸 알지만 다소 무리한 제작 요구를 할 때 이 기술은 유독 빛을 발하게 된다. 이런 기술은 때때로 치과기공사들의 야근을 막아주기도 한다.

나는 타인과 대화하는 것에 큰 어려움을 느끼지 않는 편에 속하는 사람이다. 지난 7년 동안 독서모임을 다니면서 상대방과 대화하는 것을 두려워하지 않게 되었다. 전화를 받을 때도 나름의 방식이 있다. 그렇게 터득한 나의 노하우를 정리해보았다.

첫 번째로 단어의 선택이다. 대화를 나눌 때 단어의

선택은 대화의 온도를 변화시켜준다. 매일 저녁 글을 쓰면서 알맞은 단어를 쓰기 위해 골몰하다 보니 어느 정도 실제 대화의 분위기를 주도적으로 컨트롤 할 수 있게 되었다. 나의 생각이 담긴 짧은 글을 SNS에 업로드하거나 수백 명이 보는 독서모임의 공지 글을 적는 것도 큰 도움이 되었다. 어떤 단어를 사용해야 나의 생각을 잘 전달할 수 있고 나의 의견에 힘을 실을 수 있는지 고민을 하고, 띄어쓰기나 맞춤법이 헷갈릴 땐 다른 문장으로 바꿔 써보기도 하는 습관은 분명 대화에도 큰 도움을 주었다.

두 번째는 대화의 분위기 파악이다. 예를 들어, 독서모임에서 읽은 책을 소개할 때는 간략한 책 내용 설명과 함께 나의 생각을 전달한다. 이렇게 책 소개가 끝나면 회원들은 내가 발표한 내용을 토대로 자신의 생각을 나눠준다. 가끔은 사람들이 집중을 못 할 때가 있다. 그럴 땐 주로 내가 말하고자 하는 내용에 맞는 적절한 예시로 상대방의 이해를 돕는다. 이렇게 독서모임은 말하는 능력뿐만 아니라 듣는 능력까지 키워주며 대화의 분위기를 파악하는 기술까지도 향상시켜주었다.

책을 읽고 서평을 기록하는 취미와 독서모임에 참석하여 다수와 토론을 하는 습관은 업무 과정에서 치과의 담당자분들과 전화 통화를 할 때 실질적으로 도움을 주었다.

기공소의 여름휴가 하루 전 날, 치과로부터 급한 제작을 의뢰하는 전화가 많이 온다. 어쩌면 손 기술보다 전화 받는 기술이 뛰어난 나에게 이런 요구는 문제가 되지 않는다. 여태까지 숙달한 모든 기술을 동원해 거절의 의사를 펼쳐 보았다. 나는 야근을 했다…. 하하하.

소장님은
손오공

어느새 허리와 어깨가 완전 굽어버렸다. 고작 9년 차인 나조차 이정도인데, 25년을 넘게 근무하신 소장님의 허리와 어깨는 두말 할 수 없을 정도이다.

최근에 소장님이 오랜만에 만난 고향 친구분들에게 어깨가 많이 굽었다는 이야기를 들으셨나 보다. 소장님은 고민 끝에 병원에 가보기로 마음먹으셨고, 병원에서는 기다란 봉을 어깨 뒤로 반복해서 넘기는 동작의 스트레칭을 권했다고 하셨다. 그 날 이후로 소장님은 점심시간만 되면 건물 12층 옥상으로 올라가서 봉을 어깨 뒤로 넘기는 운동을 하셨다. 인사성 좋으신 소장님은 12층을 계단으로 껑충껑충 올라가시며 만나는 사람들마다 먼저 인사하기로 유명하다. 매일 점심시간 봉을 들고 계단을 올라가는 소장님을 보고 이 건물 사람들은 '손오공'이라는 별명을 붙여줬다. (기다란 봉을 들고 계단 두 칸씩 올라가다 보니 붙은 별명이다.) 그렇게 손오공은 비가 오나 눈이 오나 점심시간이면 꾸준히 봉 운동을 했다. 시간이 흘러 신기하게도 소장님의 어깨가 딱 벌어지고 심지어 등도 넓어지는 효과가 나타났다. 옆에서 소장님을 지켜보며, 무언가를 바꾸기 위해서 들여야 하는 꾸준한 노력과 그것으로 만들어내는 결과물에 대해서 가까운 거리에서 직접 눈으로 확인할 수 있었다.

나는 유독 허리가 좋지 않다. 아픈 허리 때문에 병원을 다니며 운동 치료를 받은 적이 있었는데, 그때 운동 치료사가 내게 해준 말이 있다.

"근육의 유연성을 위해서 강하게 한 번 운동하는 것보다 적절한 강도로 여러 번 반복하는 운동이 더 효과가 좋습니다."

반복, 그리고 꾸준함이 가진 힘은 이미 많은 사람들이 알고 공감하고 있다. 내가 세운 목표에 도달하기 위해서 들이는 꾸준한 노력뿐만 아니라, 사람간의 관계 안에서도 꾸준하게 자신의 옆을 지키는 사람이 더 소중하고 진실되다고 느끼듯이, 결국 건강에 있어서도 꾸준함이 정답이었다.

나는 가끔
혼자이고 싶다

보통 점심시간 한 시간을 제외하고 열두 시간은 앉아서 와이어를 구부렸다 폈다 한다. 오늘은 신기하게도 컨디션이 좋아서, 퇴근 후 헬스를 다녀와서 일기까지 거뜬하게 쓸 수 있을 것 같았다. 하지만 오늘 해야 하는 일의 양을 보니 야근을 피할 수는 없을 거 같았다.

내가 가장 좋아하는 시간은 모든 직원이 퇴근하고 치과기공소에 혼자 남아 일을 하는 시간이다. 혼자 야근을 할 때면 소장님은 본인의 카드를 주시곤 하고, 그 카드로 내가 원하는 메뉴의 저녁 끼니를 해결한다. 하루 중 제대로 된 식사를 하는 것이 저녁이 유일한데, 남의 돈으로 식사를 해결하다니… 얼마나 짜릿하고 즐거운가. 나는 소장님이 주신 카드로 기공소 근처 패스트푸

드 음식점의 치킨 버거와 커피 라지 사이즈, 맥너겟 네 조각을 포장했다. 좋아하는 음식과 함께 좋아하는 노래를 크게 틀어 놓고 야근을 한다. 이렇게 좋아하는 것들이 모인 야근은 오후 9시가 훌쩍 넘어서 일이 끝난다고 해도 크게 지치거나 화가 나지 않는다.

사실 혼자 하는 야근이 즐거운 이유는 맛있는 음식과 신나는 음악이라는 이유 말고도 또 다른 이유가 있다. 타인을 의식하지 않아도 되기 때문이다.

우리는 하루 24시간 중에 수면 시간을 제외한 나머지 시간의 대부분은 타인과 사회적 관계를 맺으며 살아간다. 원만한 사회생활을 위해서는 상대방이 하는 말의 의도를 파악하기 위해 예민하게 집중해야 한다. 또 내가 내뱉는 말이 가진 온도를 체크하는 것도 필요하다. 나의 작은 말과 행동으로 파생되는 결과를 예측하고자 노력해야 한다. 그러나 이 모든 것은 나만의 시간에서는 예외가 된다. 사회생활에서 벗어나 오롯이 혼자만의 시간을 통해 주어진 일을 한다. 이는 상당히 매력적이다. 아마 매일 혼자서 일을 하는 사람에게는 이런 시간이 곤욕이겠으나, 가끔씩 혼자만의 시간을 경험하는 사람에게는 마치 꿀처럼 달콤한 시간이다.

오늘은 컨디션이 좋은 날, 좋아하는 햄버거를 먹으며 야근이 즐거워지는 꽤나 이상한 경험을 또 한 번 했다.

굳은살

내가 가장 좋아하는 라디오 〈아름다운 이 아침 김창완 입니다〉 속 '아침창' 코너에서 흘러나온 말이다.

"박수를 치는 것 말고, 오른손이 왼손을 걱정해서, 혹은 왼손이 오른손을 걱정해서 의식하고 만져 본 적이 있었나."

잠시 작업을 중단하고 내 손바닥을 만져보았다. 신기하게도 딱 세 지점에 굳은살이 박혀있었다. 언제 이렇게 딱딱한 굳은살이 생겼을까 신기해하며 만지작거리다가 다시 일하기 위해 플라이어교정용 와이어를 구부리기 위한 도구를 잡았다. 그러고 보니, 굳은살 두 지점에 손잡이가 딱 안착이 되었고 나머지 하나의 굳은살은 플라이어의 중심을 잡아주기 위해 지지대 역할을 하고 있었다. 나도 모르는 사이, 지난 몇 년간 장비들로부터의 반복된 자극으로 인해 내 손바닥에 자리가 만들어진 것이다.

평소 의식하며 살지 않다가 어느 순간 되돌아봤을 때 변한 것들을 알아차리게 되는 순간들이 있다. 내 손바닥의 굳은살처럼 나의 기공 인생도 마찬가지다.

수년간 앉아 있다 보니 익숙해진 의자, 꾸준히 나오는 월급 등 편안함에 익숙해져 의식하지 못한 주변 환경이 있다. 그러나 기술로 서로 경쟁하는 치과기공사에게 편안함 혹은 익숙함이란 곧 발전하지 않는 삶을 살고 있다는 뜻이고 이는 불안한 미래를 맞이하게 될 가능성이 크다는 것을 뜻한다. 의식하지 못한 굳은살은 아무런 미래를 보장해 주지 않는다.

라디오를 통해 우연히 듣게 된 말을 계기로 내 손바닥에 생긴 굳은살을 뜯어보고 싶다는 생각을 하게 되었다. 그렇게 그 자리는 새로운 살로 더 단단해져야 할 것이다. 부족함이 가득하던 신입 시절에 선배들에게 받은 배움이 가득한 노트를 다시 펼쳐 봐야겠다. 현재의 내게 부족한 것을 찾고 이를 보완하여 발전하기 위해서 새로운 굳은살은 없는지 잠시 지금 이 자리에서 일어나 주위를 한번 살피고 돌아보는 시간을 가져야겠다.

신뢰를 얻기 위한 방법

교정 분야에서 일을 하는 치과기공사라면 간혹 치과에서 보낸 의뢰서에 '전화 요망'이라고 적혀 있는 걸 볼 수 있다. 이는 대개 환자의 치료 계획을 세우기 위해 치과와 치과기공사가 함께 머리를 맞댄다는 말이다.

이럴 때마다 치과기공사는 제작을 하는 입장에서 고려할 수 있는 의견을 제시하여 환자의 치료를 돕는다. 치과와 이런 관계가 지속되면 당연한 신뢰가 쌓이고 관계도 두터워진다. 관계가 두터워지면 기공물을 제작할 때 훨씬 편리해진다. 예를 들어 "○○치아를 이렇게 이동하고 싶습니다. 디자인은 편하게 설계하세요"라는 의뢰가 들어오기도 한다. 기공 제작 의뢰서의 이런 내용을 받기 위해서는 두터운 신뢰가 필수적이며 이는 하루아침에 쌓기란 절대 불가능한 것이다. 또 편리한 제작을 위해서 신뢰를 쌓는 것뿐만 아니라, 오랜 기간 만든 장치들이 환자에게 착용될 때마다 만족할 만한 효과를 내야만 한다. 신뢰와 더불어 경험에서 얻은 노하우도 필수적으로 필요하다는 말이다. 수없이 많은 디자인을 설계하다 보면 장치 착용 후에 치아 이동 상태가 어느 정도 예상이 된다. 치과기공사는 이런 의견을 치과의사에게 제시하고 치료 계획을 세울 때 큰 도움을 준다. 이런 의견 또한 편리한 제작을 위해서 신뢰를 쌓는 방법 중 하나다. 신뢰와 경험이 필요하다는 말은 결국 시간이 필요하단 말이다. 사실 치과뿐만 아니라 인간관계에서 상대방에게 신뢰를 얻기 위해서도 마찬가지다. 긴 시간 교류하며 지속적인 믿음을 주는 건 신뢰를 쌓기 위한 대표적인 방법이다.

치과기공사의 신뢰를 쌓는 과정에서 추가적으로 필요한 조건이 있는데, 바로 준비된 사람이어야 한다는 것이다. 준비된 사람이 되기 위해서는 언제나 경험에서 오는 노하우를 기록하며 학술적인 공부를 반드시 해야 한다. 아는 게 있어야 의견을 제시하고 문제점이나 추가 요구사항을 말할 수 있기 때문이다. 공부라는 것이 사실 크게 대단한 것은 아니다. 책을 읽고 자료를 찾아보는 것뿐만 아니라 일을 하면서 제작했던 과정을 기록하고 제작된 기공물의 사진을 찍어 자주 관찰하는 것도 공부의 일부분이다. 역시 세상에 쉬운 일은 하나도 없다.

그게 꿈이야?

오늘도 정신없이 일을 하던 와중에 라디오에서는 꿈에 대한 이야기가 흘러나왔다. 갑자기 소장님이 직원들에게 각자의 꿈에 대해서 물어보셨다. 직원들은 "기공소를 차릴 것이다" "작은 식당을 운영하고 싶다" "그만두고 놀러 가고 싶다" 등 자신의 꿈에 대해서 이야기를 했다. 내 차례가 되었을 때, 나의 글을 많은 사람들이 읽어주는 것이라고 이야기했다. 직원들은 "그게 꿈이야?" 하며 갸우뚱 했고 나는 다시 한번 힘주어 말했다.

"글을 쓰는 치과기공사가 저의 꿈입니다."

글 쓰는 것이 취미인 사람은 '글로 돈을 벌 수 있을까?'라는 생각을 한 번쯤은 해봤을 것이다. 나도 마찬가지다. 공개하기에 어려운 글은 아무도 오지 않는 블로그에 몰래 남기기도 하지만, 나머지 글은 개인 SNS에 공개적으로 올리곤 한다. 그런 글이 차곡차곡 쌓이다 보니 이를 한데 모아 책으로 내고 싶다는 생각이 자연스레 들었다. 취미로 시작하여 수입까지 생긴다면 정말 행복하지 않을까?

소장님을 포함한 직원 모두는 내가 쓴 글을 꼭 읽어보고 싶다며 응원을 해주었고 그렇게 대화는 훈훈하게 마무리 되었다. 하지만 내가 쓴 글을 떠올리니, 문득 걱정이 앞섰다. 일을 하는 과정에서 답답하고 화가 나던 때에 쓴 대부분의 글은 불만과 짜증만이 가득했기 때문이다. 그런 상황이 있을 때마다 내가 글을 쓰게 되었던 건 오로지 나를 위로하기 위해서였다. 글을 쓰다보면 나의 내면과 마주하게 되고 그렇게 속상한 마음이 진정될 때가 있었는데 시간이 흘러 다시 마주해보면 과연 이런 글이 정말 나를 위로해줬을까 의문이 들기도 한다.

나중에 그런 글들이 누군가 보게 되는 글이 된다면, 누가 읽어주고 누가 좋아해줄까, 하는 생각이 들었다. 분명 솔직한 이야기를 적는 것이 나의 진짜 이야기일 수 있으나 상황을 아름답게 보지 않는 시선, 조금은 다른 관점으로 보기 위해 노력하지 않는 글은 아무리 수려한 문장으로 썼다 할지라고 큰 공감을 일으킬 수 없다.

이해사 작가의 《내 글도 책이 될까요?》에 이런 내용이 있다. 책을 쓰기 위해서는 누군가 읽을 만한 내용을 적어야 하며, 글을 쓰기 위해 상황을 다르게 바라보기 위한 노력은 어느 순간 나를 좋은 사람으로 변하게 한다는 것. 더불어 이런 습관이 완전하게 자리 잡게 되었을 땐 세상을 따뜻하게 바라볼 수 있는 능력까지 생기게 된다고 이야기한다. 아름다운 시선으로 바라보며 쓴 글로 인해서 행동과 생각도 아름다워진다고 말한다.

이 책의 내용처럼 많은 사람들에게 읽히기 위한 글을 쓰기 위해서 상황을 다양한 시각으로 보는 노력과 능력이 필요하다는 걸 절실히 느낀다. 그렇게 나의 삶을 돌아보고 긍정적인 방향으로 나아가기 위한 글을 써야겠다는 다짐을 해본다.

작가라는 직업에 경외감을 느낀다. 시시때때로 느끼는 불만과 짜증을 그 자체의 감정으로 흘려보내는 것으로 끝내는 게 아니라 상황을 복기하고 남들과는 다른 시선으로 바라본 후에 이를 글로 표현하여 자아성찰까지 하다니…. 일단 글도 글이지만 나의 뾰족한 마음부터 다듬어야겠다.

절대적 존재 '라디오'

오늘도 어김없이 조용한 기공소에는 라디오에서 흘러나오는 말소리로 가득하다. 어색한 분위기를 덮어주고 백색 소음으로써 집중력까지 높여주는 라디오는 조용한 분위기 속 묵묵하게 일을 하는 사람들에게 정말 좋은 친구다. 또한 매번 색다른 이야기로 대화의 주제를 제공해주니 고마운 존재이기도 하다.

가끔씩 라디오에서 나오는 문제를 함께 맞혀 보는 것도 소소한 재미가 된다. 나는 요즘 (짧은 문자 오십 원, 긴 문자 백 원 하는) 문자보내기에 빠져서 문자 수신료가 꽤 나온다. 가끔은 요즘 우리 사회 안에서 마음 따뜻해지는 사연이 나오기도 한다. 그런 사연들은 내가 쓰는 글들의 좋은 소재가 되기도 하는데, 특히 김창완의 라디오 〈아름다운 이 아침 김창완입니다〉 속 '오늘 아침' 코너에서는 책의 한 구절과 함께 짧은 생각을 들려주어 더 욱이 좋다.

작년 크리스마스에 라디오에서 소개된 사연을 통해 짧은 일기를 썼다. 그 일부분이다.

옛날에는 크리스마스 노래하면 'jingle bell'이었지만 요즘은 'all i want for christmas is you'라고 합니다. 코로나로 인해서 'is you'의 소중함을 깨닫다 보니 계속해서 이 노래를 찾아 듣게 되는 건 아닐까요?

참 따뜻한 글이지만 상대방의 행복과 건강, 경제적 안정을 바라는 마음이란 정말 어려운 게 아닐까 하는 생각을 한다.

이석원 작가의 에세이《보통의 존재》속, 가장 친한 친구의 슬픔을 온 마음과 진심을 다해 위로해줬지만 그 친구가 비싼 아파트와 좋은 차를 사게 되면서 경제적으로 자기보다 먼저 앞서가는 느낌을 받았을 때 진심으로 축하해주지 못했다는 내용이 있다.

아무래도 경제력에서 차이가 나기 시작하면 친구와 자신의 물리적인 거리는 물론이거니와 마음의 거리 또

한 멀어지게 될 수 있다. 당연히 우리는 모두 보통의 인간이기 때문에 부러움이 앞서고, 그렇게 생긴 감정은 친구를 피하게 만들기도 한다. 나도 비슷한 경험이 있지만, 결단코 그 친구를 미워해서가 아니다. 친구가 너무 좋아서, 우리가 경제적으로 동등한 위치에 서서 서로에게 질투를 담지 않는 사이를 유지하고 싶었다. 그렇기에 친한 친구의 행복과 건강을 바라는 순수한 마음이 결코 쉽지 않은 것을 알고 있다.

온전히 'is you'의 행복을 바라며 질투, 비교의식 없이 행복 가득한 마음으로 친구를 축하해주는 그런 여유의 마음을 가진 사람이 되고 싶다. 팬데믹 시기에 내 주변을 채우고 있는 타인의 존재가 가진 소중함을 크게 느끼게 되었다.

라디오는 기계일 뿐이지만, 라디오를 통해 배울 것도 많고 행복과 재미를 선물하는 소중한 친구다. 친한 친구의 행복을 온 마음 다해 축하해주지 못하는 나보다 훨씬 더 따뜻한 존재로 느껴진다. 이렇게 완벽하게 만들어진 라디오를 부러워하고 있으니 나도 참 인간답다.

이불의 포근함이 두려운 법이다

기공소가 한창 이사를 준비 중이었을 때였다. 조금씩 미리 짐을 챙기면서 직원들은 이상한 불안감을 느끼고 있었다. 처음엔 이유를 알지 못했지만 이사 가기로 한 날이 점점 다가올수록 그 이유를 알 수 있었다. 변화로부터 오는 불안감이다. 출퇴근 위치가 바뀌고 일하는 분위기와 주변 환경이 바뀌면서 치과기공소의 많은 부분에 변화가 생길 것이다. 크고 작은 변화들이 지금의 삶을 어느 정도 바꿔놓을지 알 수 없어서 불안감을 느낀 것이다.

무언가에 도전하고 변화하는 것에 두려움을 느끼지 않는 진취적인 사람이라면 공감하지 못할 수도 있겠지만 평소 일하는 환경이 아닌 어색한 공간에서 새롭게 일을 한다는 건 제법 두려운 일이다. 단지 위치가 바뀌는 것뿐일 수 있겠지만, 작은 변화는 나비효과처럼 큰 변화를 일으킬 수 있다. 그러나 변화가 두렵다고 피하기만 할 수는 없는 노릇이다. 마주한 상황을 견디고 돌파하고자 노력해야 한다.

그런 말이 있지 않은가. "이불의 포근함이 두려운 법이다." 매주 찾아오는 주말마다 자기계발을 위한 시간은 충분하지만, OTT 플랫폼 속 다양한 영상과 함께라면 포근한 이불에서 좀처럼 나오기가 어렵다. 아마 정신을 차렸을 땐 이미 해가 졌을 것이고 그런 자신을 원망했던 경험이 한 번쯤 있을 것이다. 내가 나의 상황을 발전시키기 위해서는 지금 덮고 있는 포근한 이불을 스스로 발로 차고 일어나야만 한다.

기공소가 이사를 준비하면서 이제 나의 포근한 이불 속 생활은 끝이 났다. 이로 인해 일이 많아지거나 줄어들 수도 있겠고, 이사에 큰 비용이 발생되면서 월급이나 직원 수의 변화가 올 수도 있다. 그러나 어떤 변화가 오더라도 부딪치고 이겨 나아가야만 한다. 모든 상황 안에서 가장 중요한 건 나의 실력이 어느 정도인가이다. 피할 수 없는 변화에 대한 두려움은 접어두고 지금 나의 상태를 스스로 돌아보며 점검해 보는 시간을 가지는 것이 더 중요하다.

오늘은 대통령 선거일, 즉 국가임시공휴일이다. 오전 8시 카페 문이 열리자마자 늘상 앉는 창가 자리에 앉아 이 글을 쓰고 있다. 생각해보면 포근한 이불의 유혹을 이겨냈기 때문에 이렇게 글도 쓰고 맛있는 커피를 마시며 나만의 여유를 느끼고 행복을 얻을 수 있었던 것이다.

미운 오리 새끼

나의 대학시절을 떠올리면, 가장 후회되는 것 중 하나는 혼자이길 두려워했던 것이다. 그 시절 함께 어울리는 친구들은 워낙 손재주가 뛰어나서 수업시간에 과제까지 뚝딱 끝냈지만 나는 상대적으로 손이 느리기 때문에 언제나 남아서 과제를 해야만 했다. 그러나 혼자 있는 시간이 두려웠던 나는 친구들의 제작 속도에 맞추기 위해서 대충대충할 때가 많았고 그러다 보니 퀄리티 높은 제작을 할 수가 없었다.

이는 저녁에 글을 쓰면서 나를 반성하게 했는데, 혼자 남을 수도 있다는 두려움 때문에 수업에 집중하지 못하는 모습이 마음에 들지 않았다. 그렇게 후회만 가득한 학기를 보내다가 방학을 맞이하면서 변화의 계기가 되었고, 혼자이기를 두려워하지 않는 내가 되기 위해 다양한 도전을 해보기로 마음먹었다. 그렇게 내가 처음으로 도전한 건 전시회, 뮤지컬, 영화 등 다양한 예술 공간에 혼자 가서 감상하는 것이다. 초반에는 표를 발권하면서도 모두가 나를 쳐다보는 건 아닐까 걱정하며 두리번거리던 기억이 있다. 당시의 나는 알지 못했지만 대부분의 사람들은 타인에게 큰 관심이 없다는 걸 지금은 알고 있다. 이렇게 작은 도전을 시작으로 혼자 식당에 가서 밥을 먹기도 하고, 국내 여행을 다녀오기도 했다. 그때의 노력과 연습 덕분에 지금은 혼자 있는 걸 전혀 두려워하지 않는다.

가끔 눈을 감고 있으면 혼자 실습실에 남아서 끙끙거리며 과제를 했던 나, 친구들 무리에서 낙오되지 않기 위해 아등바등 노력하는 안타까운 과거의 나의 모습이 떠오를 때가 있다. 그렇게 과거를 회상할 때면 그때의 나를 찾아가 아무 말 없이 안아주고 싶다는 생각을 하기도 한다. 과거의 나 덕분에 지금은 혼자의 삶을 즐길 수 있는 사람이 되었음을 알고, 그렇지 못했던 과거의 나에게 미안하면서도 고마운 마음을 가지고 있다.

치과용어 중에 '미운 오리 새끼 시기'라는 말이 있다. 6세에서 10세 사이는 유치와 영구치의 교환시기로 상악 송곳니가 나기 전까지 앞 중절치 사이가 벌어져 있는 시기를 말한다. 치아의 가장자리가 벌어진 채 자라다 보니 미관상 흉하다고 느껴 보호자는 아이를 데리고 치과에 방문하기도 하지만, 사실 치아가 알맞게 자리잡기 위해서 미리 공간을 확보하는 과정이기 때문에 크게 걱정하지 않아도 된다.

나의 과거도 '미운 오리 새끼 시기'라고 생각한다. 혼자라는 두려움을 이기기 위해 노력했던 과거의 내가 있었기에 지금은 혼자만의 시간을 즐길 수 있는 내가 되었다. 미운 오리 새끼 시기처럼 치아가 벌어져 있는 상황이 오랜 시간 지속된다면 그것은 분명 문제가 될 수 있겠지만, 만족스러운 나의 모습으로 변해가는 과정의 디딤발이 된다고 생각하면 이 시기는 오히려 소중하게 간직할 수 있는 추억이 된다.

누군가에게는 지금이 미운 오리 새끼 시기일 수도 있다. 그러나 크게 걱정하지 말자. 바로 뒤이어 다가올 미래의 반듯한 내가 따뜻하게 안아주며 위로하고 있을 것이다. 각자의 미운 오리 새끼 시기가 특별하고 소중한 추억이 되기를 바란다.

천천히, 천천히.
그래도 괜찮아

내게는 독서와 글쓰기 외에도 초등학교 6학년 때 시작했던 드럼 연주라는 또 다른 취미가 있다. 사실 처음엔 드럼이 아니라 (어머니의 권유로) 바이올린을 시작했었다. 그런데 남자가 무슨 바이올린이냐는 이상한 논리를 내세우는 아버지 때문에 바이올린 학원을 다닌 지 한 달 만에 드럼 학원으로 옮길 수밖에 없었다. 이렇게 배운 드럼은 내가 치과기공사로서 살아가는 데 큰 도움을 주었다.

가족과 함께 인천에서 살다가 충남 지역의 대학교를 다니게 되면서 어쩔 수 없이 독립생활을 하게 되었다. 스무 살의 나는 새로운 환경에 적응할 시간이 부족했고 매 순간 마주치는 새로움이 반갑지 않아 견디기 힘들었다. 준비되지 않은 마음과 아직은 어른스럽지 못한 정신으로 보내는 일상이 온전하기란 어려웠다. 매일 저녁은 술에 취해 있었고 밀린 과제에 허덕이는 날이 많았다. 더 이상 이렇게 살면 안 되겠다는 생각이 들어 입학한 학기 만에 휴학을 하고 군대를 가게 되었다.

스무 살이 되자마자 어설프게 헬스를 하다가 다쳤던 허리가 말썽으로, 공익근무요원으로 대체복무를 했다. 나에게 그 2년은 정말 많은 책을 읽을 수 있었던 소중한 시간이었고, 복학에 대한 생각은 전혀 없었다. 내가 하고 싶은 것은 따로 있었고, 이는 드럼이었다. 드럼을 연주할 때면 머릿속에 자리 잡은 이런저런 걱정은 잠시 잊어버리고 정신과 마음이 편안해지는 경험을 했었다. 그때의 나는 드러머가 되기로 결정을 했다.

공익근무가 오후 6시에 끝나면 인천터미널에서 버스를 타고 금정역까지 가서 개인 레슨을 받았다. 물론 쉽지 않았다. 거리뿐만 아니라, 그동안 익힌 잘못된 습관을 바꾸기 위해 기초부터 다시 배우려니 그 과정은 상당히 고통스러웠다. 마치 오랫동안 해온 젓가락질을 바꾸는 것과 같은 어려움의 시간이었다. 기초 레슨을 1년 동안 받으면서 나는 완전히 새로운 스타일의 드럼 연주가 가능해졌고 실력 또한 많이 향상되었다. 그러나 드러머의 꿈도 일 년을 넘기기는 힘들었다. 음악은

재능이 따라주지 않는다면 성공하기 힘들다는 걸 직접 눈으로 보고 몸으로 경험하니 감히 도전할 용기가 나지 않았다. 현실적인 좌절을 경험하고 학교에 복학을 했다.

그렇게 나는 우여곡절 끝에 대학을 졸업했고 현재에도 대단한 사람도 되지는 못했지만, 부적응을 기반으로 이리저리 방황하던 한 학생이 지금은 치과기공소 교정 분야 실장으로 많은 업무를 담당하고 있다. 손이 느린 학생이 치과기공소 실장까지 올라 온 것은 드럼을 연습하던 습관이 큰 도움이 되었다. 남들보다 느리지만 천천히 반복적으로 연습하다 보면 어느 순간 완성을 하고 또 어느 순간에는 자연스럽게 막힘없이 만들 수 있게 된다.

치과기공사들 사이에서 '연습하면 다 된다'라는 말을 종종 쓰고 있다. 나는 그 말이 사실이라는 걸 몸소 경험했다. 정말로 하다 보면 다 된다. 다만, 처음부터 빠르게 하고 싶다는 욕심은 버려야 한다. 아직 부족함이 있음에도 불구하고 처음부터 빠르게 하고자 욕심을 내는 사람들은 그만큼 빠르게 한계에 부딪혀 쉽게 포기하게 될 수도 있다. 결론은, 느려도 괜찮다. 포기하지 않는 것이 가장 중요하다. 장담하건대, 남들보다 느릴지라도 포기하지만 않는다면 언젠가 그들과 같은 도착점에서 마주할 수 있을 것이다.

당연한 건 없다

수능을 앞두고 치과에서 의뢰하는 물량이 확 줄어들었다. 나를 포함한 직원들은 소장님의 눈치가 보이기 시작했다. 일이 정말 많았을 때 하던 속도로 빠르게 작업을 하면 조기 퇴근도 가능한 물량이지만, 직원들은 내 지시 아래서 최대한 천천히 일을 했고 소장님께 일이 없음을 숨기기 위해 노력했다. 그러나 이것도 하루 이틀이다. 계속 일이 없다는 걸 숨기는 건 한계가 있었다. 그렇다. 난 요즘 소위 '월급 루팡' 중이다.

사실 11월쯤엔 일이 없다고 소장님 눈치를 볼 이유는 없다. 교정 분야에서 일하는 사람들에게 11, 12월은 폭풍이 몰아치기 전 잠시 고요한 시기로 여겨진다. 곧 겨울방학이 시작하면 상대적으로 물량이 많아지기 때문이다. 겨울방학에는 새로운 학년을 맞이하기 위해 치과에 방문해서 브라켓을 떼거나, 긴 시간이 요구되어 미뤄두었던 치과 치료를 한 해의 끝과 시작 지점에 하기 위해 사람들이 방문하는 경우가 많다. 신기하게 어른, 학생, 아이를 막론하고 매년 겨울만 되면 치과는 더 북적거린다. 그래서 겨울을 대비하기 위해 11월은 기술적으로 한 단계 나아가기 위해 재정비하는 시간으로 보내는 것이 합리적이다. 평소 만들어보지 못했던 장치 제작을 배우기 위해 선배의 제작 과정을 관찰하거나, 개인적으로 연습하는 시간으로 보내는 것이 치과기공소나 직원의 입장에서도 이득인 셈이다.

그러나 더욱 향상된 기술의 발전을 위해서는 바쁘지 않은 시간에 연습하는 것뿐만 아니라 바쁜 와중에도 시간을 내서 연습을 해야만 한다. 대부분의 치과기공사는 기술직이기 때문에 통상적으로 연봉 협상 시기마다 조금씩 연봉이 올라간다. 하지만 인상률과 비례해서 기술의 향상도 같이 동반되어야만 한다.

물론 이 말은 나에게도 해당된다. 기공소의 실장으로서 거의 모든 장치를 제작하고 거래처와도 원만한 관계를 유지하기 위해 노력해야 하며 이전보다 더 큰 책임감을 가지고 일을 하고 있다. 그래서 주말이면 책을 찾아보며 공부를 하거나 가끔은 주말 출근을 하여 연습이 나 밀린 일을 하기도 한다.

임금 인상을 당연한 것으로 여겨서는 안 된다고 생각한다. 소장님은 오랜 시간 함께 일해주는 직원이 고맙고 기특해서 그 마음을 표현하시고자 임금을 올려주기도 하지만, 단순히 이런 이유 하나만이라고 보기는 어렵다. 이는 곧 또 다른 책임감으로 어깨를 짓누르게 되어 있다. 무거운 어깨를 털어내기 위해서는 기술의 습득을 통해 각자 일하는 기공소나 회사에 큰 도움이 되어야만 한다. 무엇이든지 당연한 건 없다. 그중 월급이 가장 그렇다.

영업 꿈나무

일이 폭풍처럼 몰아치는 겨울방학을 끝내고 봄을 맞이했다. 불과 지난주에는 저녁 늦게까지 남아 일을 했는데 벚꽃 개화 시기와 함께 학생들의 시험 기간이 되면서 기공소에도 일이 확 줄어들었다. 일이 없는 시기에 소장님은 새로운 거래처 확보를 위해 불철주야 주변 치과에 영업을 다니셨다. 그러나 우리는 최근에 이사를 하며 이 지역에 굴러들어온 돌과 마찬가지가 되었고, 주변 치과에 무턱대고 찾아가서 기존에 거래하고 있던 치과기공소를 우리 기공소로 바꾸라고 하는 것은 어려운 일이었다. 소장님은 박카스 한 박스를 들고 꽤 많은 치과에 영업을 다니셨지만 뚜렷한 성과는 없었다.

나는 치과기공사로서 일을 하면서 세 번의 이직을

했다. 월급을 올리기 위해서는 아니었고 경험과 실력을 쌓기 위한 선택이었다. 그러다 지금 다니고 있는 곳에 정착하게 되었다. 지금의 소장님은 그간 내가 만났던 소장님 중에 가장 기술이 뛰어나고 자신만의 색깔이 있는 독특한 장치를 만들어내시는 분이다. 지금도 나는 이곳에서 더 많은 것을 배울 수 있을까, 기대하는 즐거운 마음으로 일을 하고 있다.

이렇게 실력이 좋은 소장님은 치과 영업에 가서 자신만의 아이디어로 새롭게 만든 장치를 보여주며 다른 기공소와의 기술 차이를 자랑하셨지만 안타깝게도 번번이 실패였다. 대부분의 치과는 우리와 거래를 하려고 하지 않았다. 소장님은 젊었던 시절, 포기를 몰랐던 패기가 줄어드셨는지 계속된 영업 실패에 축 쳐진 어깨로 기공소로 돌아오셨다. 영업의 결과와 상관없이 꿋꿋하게 주어진 일만 하던 나는 갑자기 영업에 도전하고 싶다는 마음이 생겼다. 성공에 대한 자신감이 생긴 것이 아니라 평소 해보지 못했던 분야에 대한 도전에 대한 설렘을 느꼈다.

"소장님 주말에 저도 영업 한번 가도 될까요?"

그런 내게 쉽지 않을 거라 걱정하시던 소장님은 새로운 경험을 하고 싶다는 나의 말에 믿고 맡겨 보기로 하셨다.

토요일 오전의 영업을 위해서 금요일 저녁부터 얼굴이 붓지 않는 음식을 골라 먹고, 신뢰감을 줄 수 있는 단정한 옷을 고르기 위해 방구석 패션쇼까지 열었다. 그리고 잠들기 전까지 떨림 반 설렘 반으로 어떤 치과를 가야 할까, 어떤 말을 해야 할까, 시선은 어디에 고정해야 하는 것일까 등 많은 고민을 했다. 그리고 처음부터 새로운 치과에 달려드는 것보다 소장님이 방문하셨던 치과를 다시 한번 방문함으로써 조금은 쉬운 길로 가보기로 마음먹었다.

항상 어떤 도전을 앞두고 있을 때마다 그와 관련된 책을 찾아 읽어보는 편이라 마케팅 분야의 책을 가볍게 훑어보았다. 음료수를 사갈까, 달달한 마카롱을 사갈까, 고민했지만 "거래처에게 나로 인해 그들의 수익이 발생할 것 같다는 느낌을 줘야 한다"라는 책의 내용을 활용했다. 오천 원의 음료수 대신에 그 돈으로 산 로또를 스테이플러로 명함에 찍어 세상에 하나뿐인 특별한 명함을 만들었다.

치과에 들어가서 인사를 건넬 때마다 예상과는 다르

게 치과 직원들은 우리 치과기공소 이름을 처음 들어봤다는 반응이었다. 이에 나는 새로운 마음으로 다시 인사를 했다.

"그럼 다시 인사드리겠습니다. 안녕하세요. 여기 제 명함인데, 당첨되면 다음 주에 이걸로 회식하세요."

눈을 맞추며 살갑게 인사를 하니 어색한 분위기는 사라지고 직원들의 경계심도 한층 무너지는 걸 느꼈다. 안내 데스크에서 가벼운 웃음소리가 나왔다. 나는 그 반응에 힘입어 직원들에게 다양한 정보를 물었다. 원장님의 성격이나 일할 때의 특징, 여유로운 시간대 등 중요한 질문의 답을 얻고 다시 방문 약속은 잡은 후에 치과를 나섰다. 로또로 인사를 하는 방법이 꽤 신선했다는 피드백을 들었다. 또 치과에는 많은 치과기공소에서 인사를 오기 때문에 이름을 외우기 어려울 때가 많지만 로또를 주면서 인사를 건넨 기공소는 쉽게 잊지 못하지 않겠냐는 이야기도 들었다.

아직 성공의 결과물을 얻지는 못했지만 떨리고 설렘 가득한 첫 도전의 시작을 알리는 잊지 못할 날이 되었다.

잠들기 전, 오늘의 도전을 기록하기 위해 책상에 앉

아 글을 쓰고 있다. 내가 할 수 있는 한 최선을 다했지만 치과에서 함께 일해보자는 연락이 오지 않는다면 다시 한번 치과에 찾아가서 좋은 결과로 마무리를 해야 한다. 과연 다음 주에 치과에서 함께 일해보자는 전화가 올까? 나의 영업은 끝날 때까지 끝난 게 아니다. (만약 전화가 오지 않는다면, 이건 영업을 가기 직전에 읽었던 마케팅 도서 때문이다.)

뚱뚱한 지갑

대학을 졸업하자마자 바로 취직하기 위해 구직 사이트에 자주 들락거렸다. 나는 졸업 전부터 교정 분야에 취업을 희망했다. 예비 치과기공사들 사이에서 교정 분야는 비인기 분야였지만 나는 조금도 고민하지 않고 교정을 선택했다. 이는 대학교 2학년 때 교정기공소 아르바이트하던 시절, 우연히 소장님의 두꺼운 지갑을 본 순간 때문이었는데, 나중에 알고 보니 기공소 주변에 현금을 넣을 은행이 마땅히 없었다. 소장님은 먼 위치의 은행을 가기가 귀찮으셔서 지갑에 현금을 쌓아둔 것이었는데 당시의 나는 그걸로 내 미래를 결정하였다.

치과기공소에서 2학년 때 알바를 하게 된 건 순전히 우연과 그 우연을 기회로 잡은 덕분이었다. 교정기공소 소장님은 방학 기간 동안 아르바이트를 할 수 있는 학생이 필요하다며 학교로 연락을 하셨고, 교수님은 학생들 한 명 한 명 차례대로 물어보시기 위해 출석부 1번인 내 이름부터 부르셨다. (휴학기간이 길어서 학번이 제일 높은 내가 1번이었다.) 나는 여러 분야에 경험이 필요하다는 생각에 주저 없이 아르바이트를 하겠다고 말했다. 이렇게 우연히 시작하게 된 아르바이트에서 점심 식사를 계산해 주시는 소장님의 지갑을 우연히 보았고 그때의 선택으로 지금의 내가 되었다.

현재 나의 삶은 누군가에게 영향을 줄 만큼 본받을 만하다고 말할 수 없겠지만 내 직업에 대해 상당한 만족과 행복을 느끼며 살고 있다. 이런 내 자신을 돌아볼 때면 우연한 기회와 선택으로 계획하지 않았던 삶을 살고 있다고 해서 두려워할 필요는 없다는 생각을 해본다. 의외로 많은 사람들이 우연으로 결정된 삶을 살고 있다. 여러 매체를 통해 처음부터 정해졌던 자신의 삶을 자랑하는 몇몇 사람들을 제외한 대부분의 사람들은 나와 같은 우연으로 선택되고 만들어진 삶을 살고 있을 것이다. 이 두 부류 가운데 과연 누구를 돌연변이라고 할 수 있을까.

가끔 새로운 사람을 만날 때 나와 같은 삶을 사는 사람을 만나면 행복하다. 그들을 동료로 느끼게 되어 안도감이 들기도 한다. 자신도 모르는 사이 선택된 직업으로 돈을 벌고, 그 직업에 적당한 만족을 느끼며 적당한 행복의 삶을 살고 있는 사람 말이다. 아마 이 글을 읽으며 '나도 그렇지'라고 고개를 끄덕이는 사람이 있다면 당신도 나의 동료가 아닐까 생각한다.

젠틀한 아저씨

요즘은 치과기공소와 치과로 오고 가는 기공물을 배달해주는 전문 택배 회사가 생겼지만, 불과 얼마 전까지 치과기공소는 어르신들이 배달 업무를 해주셨다. 우리 기공소는 지금도 대행업체가 아닌 어느 어르신께서 배달 업무를 해주신다.

치과기공소 배달 업무는 어르신들에게 인기가 많은 직업이다. 가끔 구인 공고를 올릴 때면 많은 분들이 면접을 보기 위해 방문해 주신다. 아무래도 긴 시간 일하지 않고 돈을 벌면서 걷기 운동까지 가능하니 은퇴를 하신 분이나 간단한 소일거리를 찾으시는 분들에게 으뜸이다. 더욱이 치과기공소는 근처 지역만 거래하는 것이 아니라 대중교통을 타고 이동해야 하는 지역까지 거래를 하기 때문에 교통비를 아끼기 위해 65세가 넘어

무료 통행권을 가지고 계신 분들을 주로 고용한다.

오랜 시간 일하면서 많은 아저씨, 아주머니와 일을 해왔다. 모두 연로하신데도 부지런히 꿋꿋하게 일하시는 모습을 보면서 많은 생각이 교차하기도 한다. 어려서부터 할머니와 함께 자라서 그런지 유독 함께 일하는 어르신에게는 더 신경을 써 공손하게 대하려고 노력하고 있다.

처음 치과기공 일을 시작할 때 함께 일했던 어르신은 할아버지·할머니라고 불러야 할 만큼 나이차이가 났지만, 서른 중반을 넘어가고 있는 지금 함께 일하고 있는 할아버지에게는 '아저씨'라는 호칭을 쓰고 있다. 아저씨와는 함께 일한 지 벌써 3년이 지났고 유독 많은 걸 느끼고 배운다.

아저씨는 오랜 시간 금융권에 종사하신 분으로 다양한 사람을 만나면서 익힌 풍부한 경험으로 인해 사람을 대할 때 특유의 젠틀함이 느껴진다. 치과에 들어가며 건네는 인사부터 자연스럽게 이어지는 부드러운 대화는 우리 기공소의 특별한 장점이 되었다. 항상 단정한 헌팅캡에 정갈한 셔츠를 입으시고 다정한 말투로 내게 인사를 건네실 때면, 내가 존중 받고 있다는 느낌을 받을 때도 있다. 회사 안에서 보이는 모습은 거래처에서도 똑같이 나타난다. 잠시 허리가 아파 일을 쉬고 계셨을 때 "원래 오시던 아저씨는 그만 두신 건가요?"라고 치과에서 물어볼 정도로 우리 기공소에 대한 좋은 인상을 심어 주셨다.

아저씨를 보며 배운 것이 크게 두 가지가 있다. 첫째로 누구한테도 말을 낮추지 않는 모습이다. 아저씨와 함께 근무한 지도 3년이 넘어가지만 아직도 내게 말을 높여 말씀하신다. "오늘 날씨가 참 좋네요" "주말은 잘 쉬었어요?" 등 가벼운 아침 인사를 받으면 나는 더 큰 보답의 마음을 담아 고개 숙여 인사를 건넨다. 자신의 아들보다 한참 어린 나를 먼저 존중해주시는데 더 깊이 인사하지 않을 수 없다.

둘째는 큰 소음 속에서 일을 하다 보면 아저씨가 일을 마치고 돌아오신 걸 못 볼 때가 있다. 그럴 때면 큰 소리로 "다녀왔습니다"라며 먼저 인사를 건네주시고 출근 때는 "안녕하세요"라며 먼저 인사를 해 주신다. 나이를 따지지 않고 먼저 건네는 인사는 치과에서도 좋은 모습으로 보인다. 안내데스크 직원에게 다정하게 먼저 건네는 인사와 젊은 직원들에게 언제나 말을 낮추지 않는 아저씨의 모습은 상대방으로 하여금 기분을 좋게 만들어준다.

요즘 세대간의 갈등 문제가 커지고 있다. 그러나 아저씨의 모습에서 나름의 해답이 보인다. 해결되지 않는 의사소통의 문제 앞에서 나이, 학력, 사회적 지위 내려놓고 상대를 존중하는 마음으로 대화를 한다면 해결되지 않을 문제란 없다. 나도 아저씨에게 배운 젠틀함으로 많은 사람들에게 인사를 건네 보려고 한다. 아저씨와 오랜 시간 함께 일하고 싶다.

가치 있는 하루를 위해서는

대부분 치과기공사의 하루는 비슷하다. 출근을 하면 자신에게 할당된 일의 양을 파악하고 환자의 치아 상태를 분석한 후에 제작에 들어간다. 다양한 과정을 거쳐 제작이 완료된 장치는 다음 날 치과에 나갈 수 있도록 배송 준비를 해두고 퇴근을 한다. 대부분의 치과기공사 하루는 이렇게 비슷하게 마무리 된다. 특별함 없이 비슷한 하루가 매일 반복되면 뚝딱뚝딱 기공물을 찍어내는 기계가 된 느낌을 받을 때가 있다. 많은 장치를 제작하며 터득하게 된 경험에만 의존해서 장치를 제작하게 될 때 유독 기계가 되는 건 아닐까 하는 생각을 하게 된다. 그렇기 때문에 현재에 안주하지 않고 지속적으로 세미나에 참석해야 하고 다양한 기술 습득 혹은 새로운 기술 개발을 위해서 항상 노력하는 자세가 필요하다. 그리고 일과는 별개로 기계가 되지 않기 위한 새로운 노력이 필요한데, 그건 취미를 가지는 것이다.

나의 경우에는 글쓰기가 큰 도움이 되었다. 특별하지 않더라도 나의 일과를 기록하는 것이다. 매일 반복되는 지루한 삶 속에서도 미세한 차이는 존재하기 마련이고, 그 차이를 기록하며 반복된 하루를 의미 있게 만들어보기 위해 노력하고 있다. 글을 쓰는 동안만큼은 수없이 반복되어 생긴 틀에서 벗어나 자유로울 수 있을 것이고, 바쁜 삶의 순간에서 남긴 기록의 시간은 분명 가치가 있을 것이다. 매일 똑같이 반복되는 지루한 삶에 좋은 글이 스며들면 멋진 삶으로 둔갑되지 않을까 생각한다.

야, 너도
쓸 수 있어

취직을 위해 자기소개서를 써 본 적 없고 학교 다니며 글쓰기 관련 수업도 들어 본 적이 없던 내가, 지금은 글쓰기를 취미로 삼고 있다니 참 놀라운 일이다. 이렇게 나와 전혀 상관없어 보이는 것이 취미가 된 것은 역시나 책의 영향이 컸다. 《내 글도 책이 될까요?》, 《쓰는 사람, 이은정》, 《고종석의 문장》과 같은 글쓰기 분야의 책을 읽고 나면 뭐라도 쓰지 않고는 견딜 수 없는 느낌을 받았다.

과거의 나는 반찬 투정처럼 독서 편식이 심했다. 일정 기간이 지나면 편식하는 분야가 달라지기도 했지만 한 분야에 빠지면 서점에서 다른 분야 쪽으로는 구경도 가지 않았다. 여전히 지금도 편식을 하고 있다. 소설에서 에세이, 미술 전문 서적을 거쳐 현재는 글쓰기 분야 책을 주로 읽고 있다.

대학 시절, 전공 공부보다 독서를 좋아했다. 항상 책의 마지막 페이지를 넘긴 후에는 머릿속에서 떠나지 않는 감정과 책의 줄거리를 기록하기 위해 책의 빈 공간에 짧게 적어두곤 했다. 그러나 그런 걸로는 갈증이 해소되지 않았다. 독서 후에 느낀 감정을 짧게 적는 걸로는 끝낼 수 없어서 적은 내용을 친구들과의 술자리에서 툭 이야기를 꺼냈다. 비록 친구들은 나의 감상에 귀기울이지 않았지만, 미디어에 자주 등장하는 어느 장면처럼 해가 진 늦은 저녁에 만난 친구들과 드럼통 위에 껍데기를 굽고 소주 한 잔 기울이며 소설을 논하는 모습은 내게 상상할 수 없는 로망 그 자체였다. 방법이 없었다. 나는 바로 노트와 펜을 하나씩 샀고 누군가와 나누지 못하는 감상들을 적던 것이, 나의 글쓰기의 시작으로 기억한다.

글이란 게 참 신기하다. 숨기고픈 마음 속 깊은 이야기를 적어 소중하게 간직하기도 하며 가끔은 많은 사람들과 나누고 싶어 SNS나 블로그에 올려 서로의 생각을 공유하기도 한다.

사람마다 다르겠지만, 나는 글을 쓰고 대화를 나눌 수 있는 대상에서 보여주고 싶다는 마음이 크다. 그래서 다양한 주제의 글을 아내나 독서모임 중 친하게 지내는 분들에게 보여주곤 하는데, 처음에는 냉철한 비평에 상처 받고 자존심도 상했지만, 나를 아는 가까운 사람들의 지적은 결국 살이 되고 피가 되었다. 무엇보다 수많은 지적에 내성이 생기고 스스로 인정해버리니 오히려 글쓰기에 두려움이 없어졌다. 누군가의 비평에, '난 어차피 잘 못 쓰지만 이또한 성장 중이니까'라는 마음으로 글쓰기를 오래도록 즐기는 중이다. 이러다 보니 사람들은 나의 글을 읽고 모두 똑같은 이야기를 한다.

"글이 참 솔직하다."

글쓰기에서 가장 어려운 건 무엇일까? 바로 온전히 나를 드러내는 일이다. 나는 글쓰기에서 나름의 장점을 가지고 있는데, 이는 쓰는 기술은 부족해할지라도 솔직함이라는 강한 무기가 있다는 것이다. 봉준호 감독을 보아라. 가장 개인적인 것이 가장 창의적이라는 말로 나를 위로하고 있다. (정말 큰 힘이자 위로가 되었다. 땡-큐, 봉준호.)

학업, 직업, 나이 상관없이 모두가 글쓰기를 취미로 삼고 즐길 수 있다. 글쓰기 진입장벽이 높다고 느끼는 사람들에게는 독후감부터 시작하길 추천한다. 책의 복잡한 내용이 정리되면, 자신의 이야기를 찾아내어 밖으로 끌어올릴 수 있게 된다. 유독 즐거웠거나 혹은 상처받은 하루를 보낸 사람에게는 일기를 추천한다. 즐거운 하루의 감사함을 찾게 되어 그 마음을 잊지 않게 되고, 슬픈 날은 내가 나를 위로하게 되는 경험을 하게 될 것이다. 글은 나의 내면 진짜 모습을 알게 해주는 거울과도 같지 않을까 생각한다. 이렇게 좋은 글쓰기, 왜 더 빨리 시작하지 않았을까.

퓹, 네가?

고등학교 1학년 때로 기억한다. 선생님께서 독후감 수행평가를 내주셨다. 친구 세 명이 한 조를 이뤄 한 권의 책을 선정하고 각자가 독후감을 쓰고, 서로 바꿔 읽으며 느낀 점을 적는 과제였다. 학창시절 독서가 정말 싫었던 나는 책을 읽어야만 할 수 있는 숙제는 곤욕스러웠다. 차라리 몸으로 때우고 싶었지만 친구 두 명은 반에서 1, 2등이었기에 좋은 성적이 필요했고, 그들로부터 받은 압박으로 책을 읽기 시작했다.

우리 셋은 그 당시의 신작이었던 무라카미 하루키의 《어둠의 저편》을 골랐다. 하루키의 책은 비유가 많고 문장이 너무 길었으며 가뜩이나 독서를 싫어하는 나에게 너무 어려운 책이었다. 난 어쩔 수 없이 잔머리를 써야만 했다. 책 뒤표지에 쓰인 추천사를 내 수준의 언어로 바꿔서 마치 내가 읽고 쓴 것처럼 숙제를 제출했다. 잔머리로 선생님은 완벽하게 속였지만 친구가 선생님께 이르는 바람에 '사랑의 매'를 맞았다.

그런데 신기하게도 학창 시절 독서와 담을 쌓고 지내던 내가 지금은 인천 지역 독서모임의 운영진으로 7년이 넘는 시간 동안 활동하고 있다. 친구들은 내가 독서모임에 나간다고 하면 여전히 박장대소를 한다. 처음 독서모임에 나간다고 친구들에게 말했을 때 모두 똑같은 반응을 보였다.

"풉, 네가?"

책 한 권 읽고 많은 사람들과 내 생각을 나눠보고 싶은 것뿐이었다. 독서를 취미로 가진다는 건 학교 성적과는 관련이 없다고 생각하지만, 공부와 독서의 관계성 때문인지 이런 생각은 의외로 많은 사람들이 가지고 있는 편견이 아닐까 싶다.

치과기공사라는 직업을 가지면서 독서는 내 일상 안에서 더욱 필요한 취미가 되었다. 길고 긴 야근으로 사람을 만날 기회가 적은 치과기공사에게 독서라는 취미는 소중할 수밖에 없다. 책은 타인의 삶을 간접적으로 경험하게 해주고 하루 종일 묵묵히 일만 하는 동료들과 대화를 나눌 수 있는 주제를 제공하는 중요한 매개체가 되기도 한다.

소설이나 시를 읽고 가슴이 뜨거워지는 것을 느끼는 경험은 묵묵하게 일만 하다가 굳어 버린 마음에 다시 생동감을 주고, 인문 분야는 우리에게 인간의 근원적인 문제나 사상에 대해 물음표를 던져 고민하게 하며 곧 맑은 정신을 가지게 한다. 또 자연과학 분야는 평소 접하기 힘든 새로운 정보와 가치를 제공한다. 이 모든 건 묵묵히 일하는 치과기공소 분위기에 재미있는 대화 소재가 되어 직원들끼리의 연결고리가 되어 준다.

만약, 하루를 마무리하는 퇴근길에서 삶의 무료함을 느끼거나 만족하지 못하는 하루를 보내고 있다면 독서를 추천한다. 우선 가볍고 재미있게 읽을 수 있는 소설을 골라보는 것은 어떨까. 출퇴근길의 대중교통 속에서 게임 캐릭터 레벨이 올라가는 것과 넷플릭스 드라마 시청 목록이 늘어가는 것보다 나의 공간 어딘가에 읽은 책이 쌓여 늘어가는 모습을 보는 게 더 만족스러울 것이다.

독서는 의지다

나는 일찍 일어나는 것이 어렵지 않은 아침형 인간이라 아침 출근 시간에 하는 독서를 좋아한다. 일주일에 한두 권의 책을 읽는데, 이는 대부분 출근시간 지하철 안에서다.

일을 시작하고 처음 일 년간은 매일 야근의 연속이었다. 야근을 하고 집에 오면 11시가 넘어서 당연히 독서 생각은 할 수 없었다. 더욱이 늦은 퇴근 후 책상에 앉아 일기를 쓰는 것은 곤욕이었고 차라리 잠을 선택한 날들이 많았다. 글을 쓰지 못하고 책을 읽지 못하다보니 하루하루 마음이 답답해지고, 심할 때는 내가 이러려고 치과기공사가 되었을까 하는 삶 전체에 대한 회의감까지 들었다.

그러다 어느 날 출근하기 위해 집을 나서기 바로 직전, 오늘은 꼭 책을 읽어야겠다는 생각이 강하게 들었다. 책장에서 눈에 가장 먼저 들어오는 책은 김진명 작가의 《고구려》(가장 좋아하는 책이다)였고, 나는 이 책을 무작정 가방에 쑤셔 넣고 출근을 했다. 어느 때와 다름없는 피곤한 아침이지만 책은 술술 읽혔다. 그때는 단순히 내가 좋아하는 소설이라 그런가보다 하고 여겼지만 내가 알지 못했던 이유가 있었다.

오후 늦은 시간, 퇴근 지하철에서 아침에 읽었던 책을 다시 꺼내 읽었다. 그런데 책장이 넘어가지 않았다. 일을 하면서 답장하지 못한 문자 내용이 궁금했고 친구들의 일상 사진이 올라오는 SNS가 궁금했다. 이런 유혹을 참으며 책을 읽으려고 했지만 억지로 하는 독서는 괴로웠다. 그렇게 며칠을 반복적으로 시도해 보다가, 나는 아침에만 독서가 잘 되는 사람이란 걸 알게 되었다. 그로부터 7년이 지난 지금, 출근 시간을 활용하여 백 권이 넘는 책을 읽게 되었다.

만약 당신이 바쁜 와중에도 독서를 하기로 마음먹었다면 하루 중 가장 집중이 잘 되는 시간을 찾는 건 어려운 일이 아니다. 단순하게 생각하고 움직이면 된다. 하루 중 모든 휴식 시간에 책을 펼쳐 읽어보고 가장 독서가 잘 되는 시간을 찾으면 된다. 책을 읽어야 함은 알지만 시간이 없다는 말은 의지가 부족하다는 말이다. 이동진 작가가 〈어쩌다 어른〉이라는 티브이 프로그램에 나와서 했던 말이 있다.

"책을 읽을 의지만 있다면 엘리베이터를 기다리는 동안에도 몇 글자를 읽을 수가 있다."

나의 생각도 같다. 독서를 하고 싶다면 자신이 책을 읽어야만 하는 이유를 찾아야 하는 것이 우선이다. 이렇게 의지를 갖는 것이 가장 먼저 해야 할 일이다. 의지만 있다면 독서는 충분히 가능하다.

요즘 도서관이나 책방에는 동기부여를 하는 책들이 수두룩하게 있고, 독서 슬럼프를 이겨낼 수 있도록 도움을 주는 유튜브 영상도 쉽게 찾을 수가 있다. 이도 저도 아니라면 내가 했던 방법을 추천한다. 독서모임처럼 책을 읽어야만 참석이 가능한 동호회를 찾아서 가입하기를 추천한다. 신기하게도 독서모임에 참여하겠다는 댓글을 남기면 자연스레 독서 의지는 마구 솟아오르고 어떻게 해서든 완독을 하게 되는 능력이 발휘된다. 모임에 참석하여 사람들과 대화를 하기 위해서는 책을 반드시 읽어야 하기에 무슨 수를 써서라도 정해진 날짜까지 책을 읽게 된다.

또 다른 예로, 작가들은 글을 쓰기 위해 자기만의 제한된 마감 시간을 선정한다고 한다. 그렇지 않으면 글을 완성하기가 힘들고 계속해서 일정이 지체된다고 한다. 독서에 대한 의지를 얻기를 위해서도 마찬가지로 기간 제한을 두는 것도 도움이 된다. 인간이 가진 게으름의 힘은 너무나 강하기 때문에 이렇게 스스로 정하고 그안에서 해내는 것은 억지로라도 책을 읽을 수 있는 좋은 방법이다. 사실 어떠한 방법이어도 좋다. 독서를 많이 한다고 해서 손해보게 될 건 전혀 없으니 말이다.

친구가 되는 방법

나는 꼰대를 좋아하지 않는다. (쓰고 나니 웃기다. 사실 누가 좋아할까.) 꼰대는 상대방이 의사결정을 할 수 있는 능력이 없다고 단정짓는, 자신의 생각과 경험만이 세상의 정답이라 정해놓고 타인에 대한 배려 없이 본인이 가진 답을 강요하는 집단이다. 그런데 이 성향은 나이와 상관없이 다양한 연령대에서 기질이 발휘된다.

꼰대라는 말을 처음 접했을 땐, 나보다 나이가 많은 어른 모두를 통칭하는 거라고 생각했다. 그러나 이제는 나이와 상관없이 자신이 상대방보다 우위에 있어 가르칠 수 있다고 착각하고 있는 사람들을 꼰대가 아닐까 생각한다. 내가 기존에 갖고 있던 생각이 깨지게 된 건 독서모임에서 알게 된 좋은 사람들과의 대화 덕분이다.

내게는 열여섯 살의 나이 차이가 나는 형이자 술친구가 있다. 형과 술친구가 될 수 있었던 건 매번 재밌는 대화를 나누기도 하지만 다른 어른들과 다르게 나의 이야기를 경청해 주기 때문이었다. 대부분 자신보다 나이가 어린 친구와 대화를 하게 되면 듣는 입장보다는 하나라도 앞서서 조언하려는 입장에 있으려 하지만 형은 달랐다. 어느 날 내가 물었다.

"형님, 제 이야기가 형한테는 생소하고 재미없지 않아요?"

"아니야. 너무 새로운 이야기라 오히려 더 재미있다. 그리고 너 아니면 내가 이런 이야기를 언제 어디서 듣겠니."

내가 형을 좋아하는 이유가 이것이다. 마주 앉은 사람보다 자신이 나이가 많다거나 지나온 시간 안에서 누적된 경험을 갖고 누군가에게 함부로 조언을 하려고 하지 않는다. 오히려 동등한 입장에서 이야기를 들어주고자 하고 자신이 경험하지 못한 새로운 문화에 대해 흥미를 갖는 자세를 가지고 있다.

나이를 불문하고 내 고민과 행복에 대해서 오랜 시간 털어 놓으면 자연스레 정이 가기 마련인데, 즐거운 시간과 더불어 상하 관계가 아닌 친구로서의 수평 관계에서 이어지는 대화는 언제나 즐겁다. 이런 친구를 어떻게 좋아하지 않을 수 있을까. (심지어 술까지 사주는 형이다. 이렇게 좋은 이유는 하나 더 추가 된다.)

또 다른 친구는 일곱 살의 나이 차이가 나는 누나다. 물론 이 친구도 독서모임에서 알게 되었다. 앞서 형과 마찬가지로 누나와 친구가 될 수 있었던 것은 나이를 따지지 않는다는 것도 있지만, 또 다른 이유가 있었다. 나의 개인적인 문제나 회사 안에서 겪는 고민을 누나에게 털어놓을 때면 쉽게 정답을 알려주려고 하지 않는다. 아무래도 마주 앉은 사람보다 인생선배로서 들려줄 수 있는 조언이나 충고가 다양하겠지만, 상대방이 먼저 조언을 구하지 않았다면 함부로 타인의 삶에 관여하지 않으려고 한다. 그저 이야기를 들어주고 위로만 해줄 뿐이다. 그러다가 가끔은 내가 먼저 조언을 구할 때가 있는데, 그때 연륜에서 나오는 무르익은 조언은 늘 내게 큰 도움이 된다.

두 명의 인생선배와의 대화를 생각하며 나의 모습을 상상했다. 나는 누군가와 대화를 나눌 때 어떤 모습일까? 듣고자 하는 것보다 말하는 시간이 길진 않았을까? 상대가 원치 않는 조언을 하지 않았을까? 건강하고 다양한 관계를 위해 대화에도 훈련이 필요하다는 생각을 했다. 이런 대화 방식은 나보다 나이 어린 후배들뿐만 아니라 다른 그 누구와의 대화에서도 큰 도움이 될 것이다. 한쪽으로 치우친 것처럼 보이는 조언이 사라진 대화가 훨씬 더 편하고 잘 통하며, 상대방과 조금 더 가까워질 수 있는 지름길이다.

결론적으로 자신보다 나이가 어린 사람들과 친구가 되기 위해서는 함부로 조언하기보다는, 비교적 조금 더 가진 여유로움으로 상대방의 이야기를 들어주는 입장의 자세가 필요하다. 그러다 보면 어느 날 그 친구들이 먼저 나를 찾아오는 순간이 올 것이다. 그때 나누게 되는 이야기로 비로소 진정한 동료이자 친구가 되는 것이 아닐까 싶다.

나의 글은 곧 나의 태도가 된다

내게는 태어남과 동시에 자연스레 주어진 종교가 있다. 그 종교는 실제 내가 가진 성격과 반대의 삶을 지향했다. 배려하고 양보하고 사랑하고 용서하는 삶. 하지만 그렇게 노력해서 만들어 낸 따뜻한 삶은 도리어 내게 상처로 돌아왔다. 양보할수록 손해보는 것 같고 배려할수록 나를 쉽게 보는 것처럼 느껴졌다. 그럴 때마다 나는 글을 썼다. 글 속에 속상한 마음을 털어놓기도 하고, 때로는 나를 힘들게 한 사람들의 흉을 볼 때도 있었다. 그렇게 해야지만 내가 따뜻한 삶을 살아가기 위해 해야 하는 최소한의 노력이라도 할 수 있을 것 같았다.

어느 날, 나의 책친구이자 술친구인 형에게 노력을 들여 착하게 사는 삶에 대한 고민을 털어놓았다.

"푸름아, 좋은 글을 써 보는 건 어떠니? 글이 가끔은 너의 태도가 되는 거란다."

그 당시 성격과 맞지 않는 삶에 지친 나는 무엇이든 하고 싶었기 때문에 억지로라도 마음이 따뜻해지는 글을 쓰기로 노력했다. 그러나 진심이 담기지 않은 글은 시작부터가 어려웠다. 포기하지 않고 글을 썼다. 그렇게 몇 년이 지났을까, 따뜻한 글을 쓰기 위한 노력은 미약하게나마 나의 진심이 되었다. 마음의 여유가 없던 내가 일상 안에서 누군가에게 작은 양보부터 시작하게 되었고, 상대방을 이해하고 배려하는 마음과 좋지 않은 상황에서 상대를 용서할 수 있는 마음도 조금씩 생기기 시작했다. 그렇게 나의 꾸준한 나의 작은 노력들이 모여 만든 변화는 당연히 내 글의 가장 큰 주제가 되었다.

나도 평범한 인간인지라, 아름다운 시선과 마음만으로 세상으로 바라보며 살아갈 수는 없지만 이따금씩 나오는 나의 따뜻한 태도 속 진심을 발견할 때면 이런 스스로의 변화가 뿌듯하고 대견하다고 느낄 때가 있다.

시간이 지나 돌아보면 따뜻한 글을 쓰기 위한 노력은 분명 내가 나의 삶을 대하는 태도가 되었다. 글의 온도는 삶의 온도와도 같다는 신비하고 귀한 비밀을 스스로 찾아낸 느낌이었다.

아직도 나는 배려와 양보, 용서가 한없이 부족한 사람이지만 따뜻한 글을 쓰기 위해 노력을 포기하지 않을 것이다. 나의 글은 곧 나의 태도가 된다.

2부
우리는 변해야 한다

상처 없는 치과기공사

고등학교 때 같은 반 친구에게 꿈을 물었다.

"난 치과기공사가 될 거야."

나와 꿈이 같은 그 친구와 같은 목표를 가진 채 진학하고 싶은 학교를 찾고 대학 입시 준비도 함께 하게 되었다.

그 친구는 공부를 꽤 잘했다. 과학 분야는 거의 매번 만점을 받았고 그 외의 과목에서 물론 좋은 성적을 받았기 때문에 소위 '인서울' 대학교 진학에 문제가 없는 친구였다. 그에 비해서 반에서 어중간한 성적이었던 나는, 친구와 같은 과를 희망한다고 하더라도 다른 학교에 지원해야 했다. 그러던 어느 날 수능을 앞둔 시점,

그 친구는 다른 과를 진학하게 되었다는 이야기를 꺼냈다. 이유를 물으니 부모님께서 치과기공사가 되면 건강이 안 좋아진다는 이야기를 지인에게 전해 듣고 아들의 해당 학과 진학을 만류하신 것이다. 아무래도 하루 종일 분진 가루를 만지거나 날카로운 조각도와 불을 다뤄야 하는 직업이여서 걱정이 많으셨던 것 같다.

치과기공사로서 오랜 시간 보낸 지금, 이 말이 반은 맞고 반은 틀리다고 말할 수 있겠다.

치과기공사에게는 작업을 위한 제작 모델이 필요하다. 작업 모델 채득을 위해 치과에서는 알지네이트로 환자 구강의 음형을 채득하고 석고와 물을 배합해 음형 트레이에 석고를 부어 작업 모델을 만든다. 석고는 물에 적시기 전에 분말 상태이기 때문에 공기 중에 날리기도 한다. 분명 호흡기에 영향을 줄 수 있는 요소이긴 해도 천천히 작업하며 마스크를 제대로 착용한다면 인체에 큰 위협이 되지 않는다. 또 수술용 매스나 날카로운 조각도를 이용해 작업하는 일도 많지만, 손이 다치지 않기 위한 안전한 칼날의 방향과 손의 그립법을 대학 학부 시절에 수없이 배우며 익힌다. 물론 연차가 쌓이면서 자신의 스타일대로 빠르게 작업을 하다가 보면 다치는 경우가 발생한다. 700도나 1000도가 넘는 화력의 불을 사용하여 작업을 할 때에는, 눈을 보호하는 안경과 손을 보호하기 위한 장갑을 끼고 제작하도록 학교에서 교육받는다. 그러나 아무리 교육을 받아도 성급한 마음으로 안전과 관련된 모든 과정을 무시한다면 사고는 발생되기 마련이다. 요즘은 캐드캠으로 아무런 사건사고 없이 모형을 뽑아내서 기공물을 제작하기 때문에 이전과 비교했을 때 작업 환경은 상당히 좋아졌다.

사실 앞서서 대학에서 우리는 앞으로 생길 수많은 사고로부터 몸을 보호할 수 있도록, 보호 장비 착용과 사용법, 용도에 대해서 교육을 받았다. 작업 과정에서 다치게 된다는 건 이 모든 과정에 소홀했기 때문이다.

일을 하며 위험한 순간이 전혀 생기지 않을 직업이 어디 있겠는가 생각한다. 간혹 뉴스에서 산업 재해 관련 소식을 접할 때면 자연스레 나의 근무 환경을 돌아보게 된다. 뉴스 속 기계적인 결함, 노동 강도 등 회사로부터 나의 안전을 보호받지 못해 생기는 사고처럼 치과기공소에서 일어나는 사고도 마찬가지다. 애초에 안전 장비가 구비 되어 있지 않거나 작업자의 부주의 등 매번 비슷한 이유로 사고가 난다. 치과기공사는 안전장비가 필요할 때 소장님께 당당하게 요구해야 한다. 내 몸을 지키는 건 타인의 눈치를 보며 삼킬 일이 아니다. 또한 주기적으로 스스로 근무 환경을 체크하는 것도 필요하다. 그렇지 않으면 치과기공사는 위험한 직업이라는 이미지에서 벗어날 수 없다.

사실 치과기공사에게는 뜨거운 불, 날카로운 칼날 보다 더 무서운 것이 있다. 바로 경제적인 안정을 보장 받지 못한다는 것이다. 임금과 물가는 날이 갈수록 올라가는데 거래 청구 금액, 제작 비용은 몇 년째 동결이다. 제작 비용이 조금이라도 오르면 치과에서는 다른 거래처를 찾을 가능성이 높다. 어쩌면 이는 자본주의 사회에서 당연한 원리이기도 하지만 경제적 안정을 보장을 받지 못하는 치과기공사들은 여전히 불안한 삶을 살고 있다.

이런 이유로 인력 충원을 위해 새로운 직원을 고용하고 싶어도 정당한 임금과 복지를 채워줄 수 없어 소장님 혼자 일하는 기공소를 어렵지 않게 볼 수가 있다. 실제로 서울 지역에서 혼자 기공소를 운영하는 소장님이 이런 상황에 대한 해결책을 찾지 못하고 혼자서 일하다가 과로사로 하늘나라로 떠나셨다는 이야기를 전해들었다. 노동으로 인해 숨이 거둬진다니, 얼마나 가슴 아픈 일인가. 알려진 것 외에도 일일이 거론할 수 없는 수많은 이야기들이 우리 사회 노동 현장에 있다. 더 이상 이런 가슴 아픈 소식이 치과기공사뿐만 아니라 그 어느 직업군에서도 나오지 않았으면 한다. 정당한 월급과 물가, 그리고 임금 상승에 따른 상응하는 기공료는 우리의 근무 환경에 조금의 숨통을 틔어줄 것이다.

나도 다르지 않다

취업 전 교정기공소에서 아르바이트를 할 때 소장님의 뚱뚱한 지갑을 보지 않았더라면 나는 크라운 분야에 지원할 생각이었다.

대학의 여름 방학에 보철기공소에서 실습을 했었다. 당시 소장님은 내가 다니는 대학의 교수님이셨고, 교수님 덕분에 기공소 직원들과의 관계, 새롭게 배우는 일에 대한 적응이 어렵지 않았다. 보철기공소에서 실습을 하는 동안 좋은 기억이 가득했고, 그 기억 덕분에 미래에는 그 분야로 가야겠다는 마음까지 먹었었지만, 지금 나는 크라운이 아니라 교정 분야에서 쭉 일을 하고 있다. 사람 일은 정말로 모를 일이다.

졸업하고 치과기공사로 일한지도 8년이라는 시간이 지났다. 오랜만에 연락이 된 학교 동기가 강남에 새롭게 치과기공소를 오픈한 교수님께 인사를 드리러 가자는 말을 했다. 나는 주저함 없이 교수님에게 방문 연락을 드리고 동기와의 약속을 잡았다. 인천에서 작은 치과기공소를 운영하시던 교수님은 이제 강남 한복판에 큰 치과기공소를 운영하며 매번 세미나를 열어 강의를 하는 유명한 소장님이 되셨다. 처음에는 꽤 오랜만의 만남이라 어색함도 있었지만 그것도 잠시, 우리 셋은 맥주 한 잔을 하며 이야기를 나누느라 시간 가는 줄 몰랐다.

동기와 나는 나름 짧지 않은 기공사의 삶을 살아오면서 이제 각자 자신의 이름을 건 치과기공소를 창업하는 것에 대한 이야기로 주제가 바뀌었다. 각자의 걱정과 기대에 대해서 이야기를 나누던 중에 '기공소를 창업하면서 치과 영업의 성공을 위해 거래 가격을 과도하게 내리는 건 어떻게 생각하는가'라는 주제로 작은 설전이 벌어졌다.

동기와 나의 생각은 동일했다.

'가격을 내려서 새로운 치과와 거래를 하게 되었다면 거래처를 뺏긴 기공소에서는 더 저렴하게 해주겠다고 또 영업을 할 것이다. 이렇게 서로 가격을 내리다가 결국엔 둘 다 망하게 된다. 소장님들이나 선배 기공사들이 이런 경제체계를 만들어 놨고, 서로가 협력하지 않고 실적에 대한 욕심을 채우기에만 급급했기 때문에 지금 우리와 같은 후배 치과기공사들이 피해를 보고 있다'는 것이 우리들의 생각이었다. 교수님은 우리의 이야기를 끝까지 들으시며 꾹 닫고 있던 입을 여셨다.

"집에서 나만 바라보고 있는 자식이나 아내를 생각한다면 난 그보다 더한 일도 했을 거야."

교수님의 짧은 대답이 끝나고 우리는 잠시 동안 말을 이을 수가 없었다. 최고의 영업 기술은 가격을 낮추는 것이라는 걸 알고 있었지만 속상한 마음에 누군가를 탓하면서라도 투정부리고 싶었던 마음을 입 밖으로 고스란히 내뱉은 게 아차싶었다. 뱉은 말을 주워 담고 싶었다. 가격 흥정은 경쟁 사회에서 피할 수 없는 부분이고, 아마 나도 같은 상황에서 집에서 나만 바라보고 있는 가족들이 있다면 가격 흥정에 주저함이 없었을 것이다. 오랜만에 만난 교수님과 대화 중에 드러낸 날 것의 불만과 얕은 비평이 부끄러워졌다. 남을 평가하기 전에 '나라면 어떻게 했을까'라는 의문을 가지고 상황에 나를 대입해 보는 건 수십 권의 자기계발 분야 책에서 읽고 배웠지만 정작 실천은 하고 있지 않았다. 우리 셋은 잠시 숙연해진 후 건배와 함께 자연스럽게 다른 주제로 이야기가 넘어갔다.

지하철 막차 시간이 되면서 아쉬운 마음을 가득 담아 다음에 또 보자는 인사를 하고 헤어졌다. 홀로 집에 오는 길에 나의 머릿속에는 계속해서 술자리에서의 대화가 떠나지 못했다. 속상한 미래 앞에서 탓하고 싶은 사람이 사라지니 조금 허망한 마음이 들면서 문제를 앞에 두고 가만히 있기 보다는 조금이라도 움직여야겠다는 마음을 먹었다.

각자의 자리를 묵묵히 지키고 있는 치과기공사들이 이따금씩 찾아와 댓글로 각자의 생각을 공유해주는 블로그에 오늘 일을 기록해야겠다. 변화를 꿈꾸는 동료 치과기공사들과 소통을 하며 함께 문제를 인식하고 해결을 위해 머리를 맞대는 날이 오기를 바란다.

교정기공사의 면접

대부분 교정기공소에는 동일한 면접 기준이 있다. '한 시간 안에 리테이너(교정 치료가 끝난 후, 치아가 원래 자리로 돌아가는 것은 잡아주는 장치이다. 교정기사의 일의 대부분이 리테이너 제작이기도 하다) 완성이 가능한가' '빠른 시간 안에 깔끔한 형태로 제작이 가능한가'라는 기준을 잡고 면접을 본다. 그래서 치과기공사들 사이에서 "나는 10분이면 완성해" "15분이면 완성해"라는 말은 그들에게 자랑거리가 된다.

어느 날 문득 내가 면접을 보는 상황이라 가정 후 제작을 해봤다. 평소 제작 시간 단축을 위해서 따로 연습해 본적이 없기 때문에 제작 시간이 어느 정도 걸리는지 알 수가 없었다. 후다닥 제작을 하니 나도 어디 가서 자랑할 수 있을 정도로 짧은 시간에 제작이 가능했다.

하지만 잠시 생각해보니, 퇴근 후에 중요한 일정이 있을 때에는 언제나 이런 초인적인 힘이 발휘되어 상대적으로 빠른 속도로 제작을 해왔던 기억이 떠올랐다. 그와 반대로, 잠을 설쳤거나 전날 마신 술의 기운이 남아 있다면 장치를 하나 제작하는 것은 산에 오르는 것보다 힘이 들어 유독 천천히 제작을 했던 기억도 떠올랐다. 결론적으로 어느 정도 경력이 쌓이면 마음 먹은 것에 따라 누구나 빠른 속도로 제작이 가능하며 이는 컨디션의 영향을 받는다는 말이다. 그러나 치과기공사뿐만 아니라 인간은 365일 최고의 상태로 살아갈 수가 없다.

김영하 작가가 티브이 프로그램 <알쓸신잡>에 나와서 했던 말이 있다.

> "인간은 자신의 힘을 100% 사용해서는 안 된다. 인생에서 어떤 일이 일어날지 모르기 때문에 능력이나 체력을 남겨둬야 한다."

잠깐 스쳐 지나간 말이지만 아직도 기억에 선명하게 남아 있다.

작가의 말은 치과기공사에게도 적용된다. 매일 빠른

속도로 기공물을 제작하는 것은 어렵다. 사람이 어떻게 매일을 최상의 컨디션으로 살아갈 수 있겠는가. 그렇기에 옛날의 면접 기준은 바뀌어야 한다. 제작 시간에 큰 비중을 두고 치과기공사를 평가하는 면접 방식은 실제 업무 과정의 효율성이 떨어진다. 가령, 일에 대한 태도 혹은 가치관, 미래의 목표에 대해 질문하는 것이 더 좋다. 같이 일을 하게 되면 집에 있는 가족들보다 동료와 더 많은 시간을 보내야만 하는데, 이런 대화를 통해 같이 일하기 좋은 사람인가를 알아보는 것이 더 중요하게 다뤄져야 한다. 또한 치아 이동과 관련된 지식과 장치 제작 아이디어를 묻는 방식의 면접도 효율적이다. 그 사람이 매일 반복되는 일 앞에서도 평소 어떤 생각과 자세로 일에 임하는지 알 수가 있고 다양한 아이디어가 있는 사람인가를 알 수 있는 좋은 방법이다.

치과기공사와 관련된 것들 중에 사회 변화 흐름에 맞게 변화해야 할 것은 너무나 많지만, 우선 그 시작점이 되는 면접 보는 방식과 채점 기준부터 다시 정립해야 한다.

예비 치과기공사 혹은 저년차를 위한 면접 조언

예전 모든 분야의 면접 방식은 짧은 대화 후에 챙겨 온 개인 장비로 간단한 작업을 시켜보고 소장님이 뒤에서 지켜보는 방식으로 면접이 이루어졌다. 그러나 시대가 변하면서 면접 방식 또한 조금씩 바뀌는 추세다. 이에 맞게 새로운 방식의 면접 팁을 공유하고자 한다.

아래는 최근 이직을 경험한 주변의 여러 치과기공사들과 면접을 주제로 나눴던 대화를 취합하여 정리한 내용이다.

첫 번째는 개인 SNS와 포트폴리오를 활용하는 것이다. 경력자의 경우 치과기공사로서 일을 하면서 어려운 케이스, 새로운 방식의 보철물과 장치를 제작했거나 자신의 실력을 증명할 수 있을 만한 것을 사진으로 찍은 후에 잘 정리하여 면접을 보기 전 미리 소장님에게 보여주는 것이 좋다. 요즘 SNS는 새로운 형태의 이력서이자 대화의 물꼬를 틀 수 있는 좋은 매개체이기 때문에 면접에서도 유용하게 활용될 수가 있다. 자신만의 포트폴리오를 만들어서 면접에 활용하는 것도 좋다. 학생들도 마찬가지로 학교 실습시간에 만든 과제물을 사진으로 남겨 다양한 방법으로 정리해 둔다면 치과기공사 면접에서 좋은 이미지를 얻을 수 있을 것이다.

두 번째는 이력서 준비다. 모든 직업에서 이력서 작성은 기본이다. 아무리 실력이 좋다 할지라도 정성이 담겨 있지 않은 이력서는 좋은 첫인상을 주지 못한다. 아주 기본적인 것, 작은 것을 신경 쓰지 않는 사람의 기공물은 아무리 실력이 좋다 할지라도 결국에는 사소한 디테일을 놓칠 수 있는 가능성이 크다. 치과기공 일을 하다 보면 가장 기본적인 것이 가장 중요하다는 걸 느낄 때가 많다. 이력서 작성과 자기소개서에 정성을 담는 것은 분명 면접에서 큰 도움이 될 것이다.

세 번째로 진정성이 담긴 대화이다. 근무 가능 시간, 월급의 타협도 면접에서 중요한 항목이지만 나와 맞는 기공소를 찾기 위한 진정성이 더 중요하게 다뤄져야 한다. 면접에서 나누는 대화는 짧은 시간이겠지만 처음 본 사람의 말투와 구사하는 단어·문장은 그 사람을 단편적으로 보여주는 요소가 된다. 면접을 보는 소장님의 입장에서도 마주앉은 면접자를 판단해야 하는 기준은 포트폴리오, 이력서보다 직접적인 대화가 가장 좋은 방법이 될 수 있다. 치과기공소라는 직업은 정해진 공간에서 직원들끼리 오랜 시간 일을 해야 하는 특성을 가지고 있기 때문에 기본적인 것들이 서로 잘 맞지 않는다면 오랫동안 함께 일을 하기란 어렵다.

대학생 때 교수님께서 들려주신 이야기가 있다.

"신입 시절, 나는 아침 일찍 와서 부지런히 일하고 정시에 퇴근하고 싶었다. 저녁이 있는 삶, 가족들과 함께 하는 삶을 보내고 싶은데 나 혼자만 이렇게 한다고 가능한 삶이 아니었다. 선배들이 늦게 출근해서 커피 한 잔, 담배 한 대 즐기다가 천천히 오전 일을 했고 본격적인 일은 점심 먹고 난 후부터 시작했는데 다 못한 일은 저녁을 먹고 마무리 했다. 그들에게 야근은 생활이었다."

치과기공사로 일을 하면서 이 말이 사실이라는 걸 알기까지 오랜 시간이 걸리지 않았다. one step(처음부터 끝까지 혼자서 일을 마무라 하는 경우)으로 아무리 혼자 일을 한다고 할지라도 치과기공소는 공동체 생활이기 때문에 나 혼자만 부지런히 일을 한다고 해서 야근을 피할 수 없는 경우가 많다. 그래서 가치관이 맞는 직원을 고용해야만 하는 것이 기공소 분위기에 큰 영향을 미치는데, 그것을 가려낼 수 있는 방법은 대화가 가장 적합하다. 이렇게 대화에는 많은 것이 담겨 있기 때문에 업무적으로 가지고 있는 목표, 일을 할 때의 습관을 확실하게 말하는 것이 고용주나 구직자에게도 큰 도움이 된다.

번외로 잦은 이직은 면접에서 악효과를 불러 올 수가 있다. 치과기공소나 치과, 환자의 입장에서도 보철물이나 장치를 만들어주는 직원이 자주 바뀌는 건 기공물의 디테일에도 변화가 올 수 있기 때문에 좋지 않다. 그렇기 때문에 면접에서 잦은 이직의 흔적이 보이는 치과기공사를 뽑기에는 어려움이 있다.

치과기공사처럼 기술직에게 면접의 의미는 타 직종과 조금 다를 수도 있다. 누군가는 연봉을 올리는 계기가 되기도 하고, 새로운 기술을 터득할 수 있는 새로운 시작이 되기도 한다. 그러나 치과기공소, 치과기공실도 사람과 사람이 만나서 하는 일이다. 일할 때 서로 좋은 사람, 마음이 맞는 사람과 일하는 것이 얼마나 큰 축복인가. 면접 준비에 정성을 다해서 마음 맞는 사람들을 만나 모두가 행복하게 일을 하길 바란다.

밝은 미래를 꿈꾸는 교정기공사

시중에 나온 기공사의 현시점에 관련된 글은 모두 치과 기공소 소장님이나 협회에 계신 분들의 시각으로 바라본 업계의 모습을 담은 것이 대부분이다. 이는 나와는 시선의 높이가 다르다 보니 막상 읽으면서 공감을 하기란 어려웠다. 물론 나와 같은 교정기공사들의 미래를 보기 위해서는 높은 곳에 올라 넓은 시야로 바라볼 때 더 잘 보인다 생각할 수 있겠으나, 막상 직접적으로 경험하며 느낀 평범한 시간 속에서는 다르게 느끼게 될 때가 종종 있었다. 이렇게 평범한 교정기공사로서 몇 년의 시간을 보내며 느끼게 된 불안감에 적어보려고 한다.

첫 번째로 교정기공사는 다른 분야에 비해 임금을 올리기가 쉽지 않다. 이를 위한 대표적인 방법은 자신의 기술력을 성장시키는 것이다. 여기에 더해, 더 빠르게 상승의 효과를 올리려면 기술의 발전과 함께 다른 기공소로 이직을 하면 가능하다. 그러나 보철기공소와 캐드캠기공소의 수는 교정기공소에 비해 상당히 많다(내가 잠시 속했던 경기도 광명 지부 협회에 소속된 기공소만 봐도 15개 중 교정기공소는 한 곳뿐이었다). 즉, 지금 다니는 기공소를 그만두게 된다면 지역을 옮기거나 본인이 새롭게 기공소를 차려야만 한다는 말이 된다. 기공소를 차리는 건 보통 쉬운 일이 아니고 지역을 옮겨 취직을 한다는 건 그만큼 근무 환경에 변화가 생긴다는 것이다. 물론, 교정 외 다른 분야의 치과기공사들을 보게 되면 대부분 기공소를 옮기며 내가 원하는 임금을 줄 수 있는 곳을 선택해서 이직을 한다. 그러나 이중에서도 교정기공소는 직장을 옮기기 위해서는 지역을 옮겨야 하기 때문에 다른 분야에 비해서 상당히 어려운 결정이다.

아마 다른 분야의 기공사보다 교정기공사의 임금이 낮은 이유가 바로 이것이다. 그러나 임금을 올리기 어려운 만큼 다른 분야에 비해서 기공소를 빠르게 오픈이 가능하고, 오픈하기 위한 비용이 저렴하다. 빠른 시간 안에 독립할 수 있다는 것이 교정기공사의 큰 장점이다. 옮기지 않고도 소장님과의 대화를 통해 조율이 가능할 수도 있겠으니, 만약 이런 교정기공소에서 일하는 기공사가 있다면 부러움의 마음을 전한다. 당신은 복받은 사람이다. 대부분은 이런 환경에서 일하지 못하고 있다는 것이 현실이다.

두 번째는 협회 및 세미나에서 교정기공사의 위치다. 지난 치과기공사 협회에서 주최한 강의 목록만 봐도, 협회에서는 참석한 치과기공사들에게 4시간이라는 의무 교육시간을 반드시 채워야 하는 것을 규칙으로 내세웠다. 협회 회원들은 핸드폰에 위치 추적이 가능한 어플리케이션을 설치하게 하여 세미나가 열리는 공간을 벗어나지 못하게 하며 강의를 듣거나 혹은 새롭게 나온 재료를 구경하도록 했다. 그러나 아무리 찾아봐도 교정과 관련된 강의는 보이지 않았고 혹 있더라도 초급 강의가 전부였다. 주로 덴처와 크라운, 포세린 강의, 이와 관련된 캐드 장비를 이용한 강의가 전부다. 재료 전시도 마찬가지로 교정과 관련된 부스는 하나뿐이었다. 이런 환경 속에서 교정기공사에게 4시간을 보내라고 하니, 내내 답답한 기분이었다.

분명 다른 강의에서 도움이 되는 이야기가 있을 거라는 생각하여 청강을 했지만 생소한 분야의 이야기가 전부라 이해하기는 어려웠다. 협회에서는 교정 분야에도 많은 관심을 가져주기를 바라는 마음이다.

나의 블로그에 가끔 학생들이 쪽지를 보내오는데, 이는 교정 분야로 취업을 원하여 업계 선배에게 정보를 묻기 위함이다. 근무 환경이 깨끗하다거나 경력 단절 치과기공사에게는 다른 분야보다 아르바이트 자리를 구하기 쉽다거나 치과기공소 오픈 비용이 다른 분야에 비해 적게 든다는 이야기를 해주며 대화를 마무리 했다. 그러나 임금을 올리기 힘들다거나, 협회에서 관심을 받지 못한다는 등 단점에 대해서는 차마 이야기 해주지 못했다. 이렇게 마무리 된 대화는 내 마음 속에 여전히 찝찝함으로 남아있다.

모든 직업에는 장단점이 있기 마련이지만 시중에 나와있는 글들과 나의 글의 차이점은, 교정기공사로서 느낀 날 것의 진짜 이야기가 아닐까 싶다. 당시에 답답한 마음에 나에게 조언을 구하던 친구가 지금 나와 같이 교정기공사로 근무를 하고 있다면 모쪼록 행복하게 일하고 있으면 좋겠다.

치기공과 실습생은 어떤 존재인가

교정기공소는 일 년 중 학생들의 겨울 방학 기간이 성수기다. 학생들은 새로운 학기의 시작 전 치아에 붙어 있는 브라켓을 제거하기 위해 겨울 방학 즈음 치과에 들린다. 또 학기 중에는 학원과 학교 수업으로 시간이 없다보니 대기시간이 긴 치과 진료를 보기 위해서 긴 겨울 방학 시기에 치과에 많은 학생들이 방문한다. 이런 이유로 학생들 방학 기간에 치과는 바빠지고 치과기공사들의 업무도 많아진다. 이 시기에 대학의 치기공과에서는 치과기공소로 실습생을 파견한다. 실습생은 기공소에서 국가고시 준비를 위한 실기 연습이나 업무 보조 일을 경험하게 된다. 파견된 실습생은 일손이 한 명이라도 더 필요한 시즌에 큰 도움이 된다.

치과기공소에는 전문성을 필요로 하는 업무뿐 아니

라 특별한 기술이 필요하지 않은 업무도 많이 있다. 직장을 다녀본 사람들은 알지 않는가, 야근은 의외로 누구나 할 수 있는 일들이 쌓여서 하게 되는 경우가 대부분이다. 실습생들은 주로 간단하지만 매우 중요한 작업을 담당한다. 가령 환자들의 치아를 본 뜬 모델 관리나 기공 보조 업무를 하며 치과기공소에서 큰 역할을 한다.

가끔 들리는 이야기지만, 몇몇 기공소에서는 실습생들을 귀찮은 존재로 여기고 차갑게 대하는 곳이 있다고 한다. 이런 이야기를 들을 때면 안타까운 마음이 든다.

선배 기공사는 실습생들에게 국가고시에서 도움이 되는 기술과 노하우를 알려주고, 실습생은 선배 기공사가 빠른 속도로 제작을 완성할 수 있도록 보조 업무를 담당한다. 기공사와 실습생은 이런 상호작용으로 빠르고 편리하게 기공물을 제작하고 바쁜 겨울방학 시기에 퇴근 시간을 앞당길 수 있다. 순기능을 발휘하면 일이 수월하게 진행되지만 흔히 말하는 꼰대 문화가 남아있는 기공소라면 야근을 벗어나지 못하게 된다.

솔직하게 과거에는 나도 그런 미운 모습의 선배 기공사였다. 지금은 그런 모습을 보이지 않기 위해 나름 최선을 다해 노력하고 있는데, 그 계기는 치과기공사로서 내 삶에 대한 글을 써보며 스스로를 돌아보는 과정이었다. 이 과정에서 부끄러움을 느끼고 지난 모습을 반성하게 되었다. 분명 내가 도움을 받고 있는 부분이 많은 걸 알면서도 인정하지 않고 일방적으로 나만 무언가 주고 있다고 생각했었다. 그러나 글쓰기는 반성하는 마음을 가지도록 도와주었고 현재는 이런 주제로 글을 쓸 수 있을 정도의 당당함이 조금은 생겼다.

일의 수월한 진행을 위한 상호작용 외에도 선배 기공사가 실습생들에게 잘해야 하는 이유 또 하나가 있다. 실습생은 치과기공계의 생존을 위해서도 반드시 필요한 존재다. 실습생들은 기공소로 실습을 다녀 온 경험을 통해 자신의 분야를 선택하게 된다. 누군가는 실습했던 분야를 그대로 선택하고 적성에 맞지 않거나, 실습 기간 중에 좋지 않은 기억이 있는 학생은 다른 분야로 바꾸기도 한다. 또 극단적으로 아예 치과기공사라는 직업을 포기하는 경우도 있다. 어렵게 3, 4년 공부해서 국가고시 자격증까지 취득했지만 이 직업이 싫어서 다른 일을 한다는 것이 얼마나 안타까운 일인가.

매년 물가와 임금은 상승하지만 기공료는 올릴 수가 없으니 치과기공소에서는 주로 월급이 적은 저년차를 선호한다. 이런 상황에서 신입생들에게 힘을 주지 못할 지언정 그런 태도로 실습생들을 대한다는 건 자기 얼굴에 침 뱉기와 다름없다.

모든 치과기공소 입장에서는 매년 학교에서 졸업생들이 배출되어야 안정적으로 운영이 가능하다. 그렇기에 앞으로의 시대를 만들어 갈 젊은 학생들에게 정당한 임금, 복지를 주는 것이 당연하다. 나의 작업 환경이 바뀌지 않는다고 세상이 멈춰있는 것이 아니다. 세상은 하루가 다르게 발전하고 새로워지고 있다.

우리가 바뀌어야 할 문제는 아직도 끝이 보이지 않는다. 내가 할 수 있는 거라고는 변화를 위해 이런 글을 공개적으로 쓰는 것뿐이다. 시간은 오래 걸릴 수 있겠지만 글이 가진 힘을 믿는다.

실습과 아르바이트의 한계

나는 실습생부터 아르바이트, 직원까지의 위치를 다 경험해 봤다. 대학시절 정규 실습 기간에는 보철기공소에서 실습을 했고, 겨울 방학에는 교정기공소에서 아르바이트를 했다. 그리고 졸업 후 교정기공소에 취직해서 지금까지 일을 하고 있다.

나의 위치가 변할 때마다 소장님과 직원들이 나를 대하는 태도가 눈에 띄게 달라진다는 걸 확실하게 느끼게 해준 경험이었고 이에 따라 느끼는 책임감도 다르다는 걸 알게 되었다. 실습생 때 저지른 실수는 가볍게 웃으며 넘어갈 수 있었다. 적은 돈이라도 받았던 아르바이트 시절의 실수는 상처가 되는 꾸중을 받았었다. 정말로 소장님께 혼나는 것이 무서워서 출근 전에 기공소문 앞에서 오늘은 혼나지 않게 해달라고 기도를 했던 기억도 난다. 그리고 현재 나의 위치인 어엿한 직장인이 되어서 저지른 실수는 내가 고스란히 책임을 져야만 했다. 이것이 가장 무겁고 무섭다. 실수는 온전히 나의 책임이고 내가 스스로 만회해야만 한다. 실습 한 번의 짧은 경험만을 가지고 평생 일해야 하는 분야를 선택하는 것은 취직을 하고 나서 후회를 하는 순간을 맞이할 가능성이 높다는 걸 말하고 싶다.

실제로 나와 함께 졸업한 동기들이 실습했던 기공소의 좋은 기억만을 간직한 채 졸업하자마자 같은 기공소에 취직을 했었다. 그러나 거의 모든 친구들이 일 년도 지나지 않아서 그만두는 걸 지켜봤다. 다른 분야를 경험하지 못한 채, 현재 자신이 느끼는 일의 무게와 책임감, 그리고 마음의 준비 없이 받게된 상처들로 만들어진 결과였다. 그래서 아르바이트를 하거나 다양한 분야의 기공소를 방문 구경하고 선택하는 것을 추천한다. 분명 그때의 경험은 단편적이겠지만 분명 더 깊고 다양하게 생각을 할 수 있는 기회가 쥐어지며 여러 분야를 조금이라도 맛보고 나서 하는 선택은 나중에 하게 될 후회를 줄일 수가 있다.

다양한 경험을 하는 방법은 어렵지 않다. 방학이 시작하기 전에 교수님이나 조교에게 미리 말씀 드려 도움을 요청하거나, 집 근처 기공소에 직접 전화를 해서 아르바이트를 하고 싶다고 하는 것도 좋은 방법이다. 실제로 나도 분야를 정하기 전 학생시절에 여러 치과기공소에 전화를 하고 현장에 방문을 한 기억이 있다.

그렇게 실습이나 아르바이트 자리를 구했다면 맡은 일에 대해서 신중하고 용기 있게 도전해야만 한다. 나중에 직장인이 되어서 실수를 하는 것보다 이 시기에 실수를 해보는 것이 큰 도움이 되며 이 시기에 실패를 두려워한다면 빠르게 실력을 향상시키기가 어렵다. 선배 기공사나 소장님이 학생들에게 주는 일은 두려워 할 필요가 없다. 그들은 학생들이 실수를 해도 본인이 그 실수를 커버해 줄 수 있기 때문에 일을 시키는 것이다. 그렇기 때문에 용기 있고 신중하게 도전하는 걸 추천한다.

비록 내 경험이 학생들 미래를 정하는 데 정답이 아닐 수 있다. 그러나 학생시절에 많은 경험을 하지 못하고 했던 선택과, 좋은 기억 속에 가려져 겪게 될 어려움은 생각하지 못한 선택으로 상처 받는 친구들을 바로 옆에서 많이 지켜봤었다. 또 짧은 기간이라도 배운 것이 아까워서 분야를 옮기지 못해 감내하면서 일하다가 결국 이 업계를 떠나는 신입 치과기공사들을 보며 안타까움을 느꼈다. 그래서 이런 오지랖이 그들에게 작은 도움이라도 줄 수 있을까, 하는 마음에 적어내려간다.

대한치과기공사협회 주관 세미나란?

의료기사에게는 일 년마다 들어야 하는 의무교육이 있다. 근무하고 있는 지역에서 열리는 세미나 4시간, 모든 치과기공사가 모이는 전국 단위 세미나 4시간으로 총 8시간의 의무교육이다.

오늘은 모든 치과기공사를 대상으로 하는 세미나가 열리는 날이다. 충청도에 있는 학교를 졸업하고 경기도에서 일을 하는 나는 평소에 학교 선후배나 교수님들을 만날 기회가 없다. 그렇지만 전국 단위로 열리는 세미나에서는 그런 오래된 지인을 많이 만날 수가 있다. 오랜만에 만난 지인들에게 멋진 모습을 보여주고 싶어서, 최대한 깔끔하고 좋은 셔츠와 시계, 굽이 있는 구두까지 신었다. 내가 가장 만나고 싶은 사람은 전임 교수님이셨다. 대학 실습 시간에 내가 만든 과제를 보시고 교수님께서는 "너는 군대에서 말뚝 박는 게 어떠니?"라며 매번 구박을 주신 분이다. 시간이 지나 구박받던 학생이 지금까지 꿋꿋하게 버텨내고 있는 모습을 보신다면 교수님은 아마 뿌듯해하지 않으실까 생각이 들었다.

이렇게 세미나는 나에게 오랜만에 만난 선후배 동료들과 서로의 안부를 확인하는 만남의 장으로 여겨졌다. 비단 나만 그런 생각을 하는 건 아니라는 생각이 확실하게 들기도 하는데, 이는 세미나가 열리는 날이면 동기부터 후배까지 정말 많은 사람들에게 연락이 오기 때문이다.

세미나 사전접수 비용 육만 원에, 장소로 찾아가는 기름값에 톨게이트 비용, 움직이는 시간과 위치 추적 어플리케이션의 GPS로 4시간 동안 체류를 확인 당해야 하는 시간까지 돈으로 환산해 본다면 비용이 상당하다. 오프라인이 아닌 온라인으로 세미나를 들으면 십만 원에 이 모든 것들이 해결 가능하다. 금액으로만 따진다면 인터넷 강의가 분명 이득이다. 이런 이유를 알면서도 난 이번에도 오프라인 세미나에 참여했다.

집으로 돌아가는 길에 곰곰이 생각해봤다. 왜 더 많은 비용을 내면서까지 먼 거리를 향해 갔을까. 누군가를 만나고 싶다는 마음뿐만 아니라 분명 내 안에 숨어 있는 이유가 있기에 발걸음을 옮겼을 것이다.

시간이 지나 그날의 일기를 쓰며 물음표만 가득했던 머릿속 생각이 정리되었다. 잊혀지지 않기 위해서였다. 사람들이 많이 선택하지 않는 분야에서 꿋꿋하게 살아가는 사람으로서 잊혀지지 않기 위해, 소속감을 몸소 느끼고 싶어서 먼 길을 달려가지 않았을까 생각한다. 이 마음 하나로 여전히 6개월마다 열리는 세미나로 발걸음이 향하는 것 같다.

치과기공사들의
치킨 게임

긴 방황 끝에 2015년에 취직을 하여 본격적으로 치과기공사의 일을 시작 했다. 1년 차 내 월급은 아주 작고 귀여웠다. 8년이 지난 지금은 처음보다 많이 올랐지만 그래도 또래 직장인들에 비해 여전히 귀엽게만 느껴진다. (가뜩이나 앙증맞은 내 월급의 대부분은 우연히 당첨된 아파트 청약 대출금 이자로 쓰이고 있다.)

빡빡한 자금난으로 고민을 하고 있는 요즘, 치과기공소는 새로운 지역으로 이사를 했고 다양한 변화로 정신없이 하루를 보내고 있다. 신기하게도 사람은 일하는 환경과 분위기가 바뀌면 주변의 작은 부분들까지도 변화시키고 싶은 마음이 드는 것 같다. 사람이 연애를 하다가 이별을 하면 외모에 변화를 주기도 하고, 백수가 새로운 직장에 출근하면 평소 게으르던 마음가짐이 뜨거운 열정으로 바뀔 것처럼 말이다.

이렇듯 내가 일하고 있는 기공소 소장님도 이사를 하면서 열정이 활활 불타올랐다. 거액의 이사 비용을 지불한 만큼 더 많은 거래처를 원했고, 이사를 한 김에 기공소의 구조적인 변화를 주기 위해 쉴 새 없이 움직이셨다. 소장님의 이런 열정에 나와 직원들은 불편할 수밖에 없었다. 그 열정의 결과물은 일이 늘어난다는 것이며 곧 야근을 해야 한다는 뜻이다. 어느 정도 이삿짐 정리가 끝나면서 소장님은 거래처를 방문하기 위해 주변 기공소들의 평균 거래 시세를 알아보기 시작하셨다. 그런데 주변 기공소 평균 거래 금액은 지금 내가 다니던 기공소가 10년 전에 받던 시세였다.

퇴근을 하고 일기를 쓸 때까지도 새롭게 자리 잡은 지역의 거래 시세가 머릿속에서 떠나지 않았다. 쓰던 일기를 잠시 멈추고 산책을 했다. 나는 이제 어떻게 해야 하는 것인가, 미래 치과기공계에 내 자리는 과연 있는 것인가. 변화가 없다면 교정기공사의 미래에는 어둠뿐이라는 생각이 들었다.

매년 인건비와 재료값은 하늘 높은 줄 모르고 오르고

있다. 심지어 점심때마다 시켜 먹는 백반값도 이번 달에 천 원이 올랐다. 치과에서도 재료값이 올라 치료비용을 올리고 있다는데, 치과기공소에서 청구하는 기공료 시세는 세월이 지날수록 낮아지고 있다. 이런 모순적인 현실이 신기하면서 답답할 따름이다.

우울한 마음을 털어버리고자 타 지역에서 일하고 있는 친한 동생에게 전화를 걸었다. 서로의 안부를 나누다가 동생은 치과기공사의 일을 그만두려고 한다고 한다는 말을 건넸다. 나는 이유를 물었다.

"새롭게 취직한 치과기공소에서 치과를 방문해 홍보할 때, 크라운하면 인레이를 공짜로 해주겠다고 하더라고요. 자기만 먹고 살겠다는 거죠. 저는 때려치우렵니다."

이어서 동생은 노량진에 가서 공부를 하겠다고 말했다. 나는 응원한다는 말을 전하며 전화를 끊었다.

모든 자영업에게 영업이 필수인 것처럼 치과기공소도 반드시 영업이 필요하다. 영업을 통해 치과와 거래를 시작해야 일을 할 수 있으니 말이다. 상황을 뒤집어서 생각하면, 기공소가 영업에 성공해서 새롭게 치과와 거래를 하게 된다면 기존에 거래하던 기공소는 거래가 끊어졌다는 말이다. 누군가 웃으면 다른 한쪽의 누군가는 눈물을 흘려야 한다. 이것은 영업에서 피할 수 없는 부분이다. 치과기공소뿐만 아니라 영업을 하는 많은 업종이 이렇게 가격을 조정하며 거래처를 지키고 새로운 거래처와 거래를 시작한다. 그러나 치과기공소는 더 이상 내려갈 가격이 없다.

며칠 전 길게 자란 머리카락이 마음에 들지 않아 미용실을 찾기 위해 포털사이트에 검색했더니 대부분의 미용실 가격이 꽤 인상되어 있었다. 비싸다고 내가 직접 자를 수는 없는 노릇이니 예약을 하고 미용실에 방문했다. 처음 본 미용사 선생님은 처음 방문한 나에게 계속해서 말을 거셨다. 묻는 질문에 계속해서 대답만 하기는 민망해 질문을 넌지시 던졌다.

"요즘 미용실 가격이 다 올랐나 봐요."

"그렇죠. 그런데 강남 지역 미용실에 비하면 저희 동네는 엄청나게 저렴한 거예요. 흔히들 잘 사는 지역의 미용실 가격이 오르면 주변 지역이나 지방도 그 영향을 받아 가격을 조금씩 올리고 있어요. 그리고 미용은 기술직이잖아요. 기술이 느는데 가격도 올라야죠."

나도 기술직이고, 비슷한 고민을 하고 있다고 사장님께 이야기하고 싶었지만 그 말은 삼키고 그저 적절한 반응을 하며 대화를 마쳤다.

이야기를 들으면서 내 직업의 현 상황을 생각하지 않을 수 없었다. 강남 지역의 미용실이 기술의 자부심을 가지고 유행을 선두하며 비싼 금액을 받기 시작하면 주변 지역의 미용실은 이를 인지하고 실력을 키워나가면서 금액을 조금씩 인상한다. 이런 현상은 주변 지역으로 조금씩 퍼져나가면서 전국적으로 가격이 오른다. 치과기공소에도 이런 움직임이 필요한 것이 아닐까 하는 생각을 하게 되었다.

나름 치과기공계에서 영향력을 펼치는 사람이라면, 치과기공사 협회에서 자리를 맡고 있는 소장님이라면, 학생을 가르치는 대학교의 교수직을 겸용하고 있는 소장님이라면, 기술의 자부심을 가지고 자신이 앉은 자리의 책임감을 느끼고 높은 가격에 해야 한다고, 조심스럽지만 확고하게 말하고 싶다. 작은 규모의 치과기공소는 큰 힘이 없다. 큰 규모의 치과기공소가 솔선수범하여 움직여 주어야 주변 지역에 치과기공소도 자연스럽게 가격을 올릴 수 있다.

특히 예비 치과기공사들에 교육과 관련된 일을 하는

사람들, 그들의 미래 결정에 큰 영향을 미치는 사람들이라면 특히 더 '말의 책임'을 느껴야 한다.

에필로그

절대 다수의 평범함이 가진 힘

내가 좋아하던 예능 프로그램 〈무한도전〉 '선택 2014' 편에서 정형돈이 했던 말이다.

"이 사회의 절대 다수는 평범한 사람들입니다. 절대 다수가 세상을 바꿀 수 있는 기회를 주시기를 바랍니다."

무한도전 10주년을 맞이하며 새로운 리더 선출을 위해 대국민 선거를 하면서 막강했던 후보 유재석, 노홍철 보다 상대적으로 지지를 받지 못했던 정형돈이 이 발언으로 지지율이 상당히 올라갔다. 이 사회의 절대 다수인 평범한 사람들의 마음을 움직인 것이다.

치과기공사들도 마찬가지라고 생각한다. 나처럼 특별하지 않은 평범한 치과기공사들의 꾸준한 노동과 열정은 곧 치과기공계를 발전시키는 힘이 된다.

내가 겪은 소소한 삶을 절대 다수와 나누고 싶었다. 한 없이 긍정적인 이야기, 맥락 없는 부정적인 이야기가 아닌 평범한 치과기공사의 일상을 담은 이야기를 담고 싶었고 그게 곧 이 책의 주된 내용이다. 예비 치과기공사들에게는 치과기공사의 삶을 잠시나마 엿볼 수 있는 작은 창이 되길 바라고, 현업에 있는 치과기공사들에게는 공감과 위로가 되길 바라는 작은 소망이 있다.

글을 쓰면서 치과기공계의 기술 변화, 삶에 대한 가치 등 많은 걸 배웠다. 내가 하는 말, 쓰는 글에 대한 책임을 지기 위해 앞으로는 무엇보다 후배들에게 힘이 되는 선배 치과기공사가 되어야겠다고 다짐하게 되었다.

이 과정에서 감사하게도 참 많은 분들에게 도움을 받았다. 우선, 더 나은 글을 쓰기 위해 길잡이가 되어주셨던 이낙원 작가님, 제자에게 아낌없는 조언을 해주신 혜전대학교 최윤석 교수님, 8년 동안 함께 일하면서 많은 걸 알려주신 소장님 그리고 김병주 치과기공사, 이현우 치과기공사, 얼루어 독서모임 회원 홍석기 형님에게도 감사한 마음을 전한다. 그리고 무엇보다 나의 소중한 아내 원지영 덕분에 완성할 수 있었다. 글을 쓰는 나를 존중해주고 지치지 않도록 어느 때나 위로와 힘을 주었다. 그런 나의 아내에게 더욱 특별한 마음을 전한다.

부록1

알쓸교정

대표적인 교정 유지 장치

1. 고정식 유지 장치

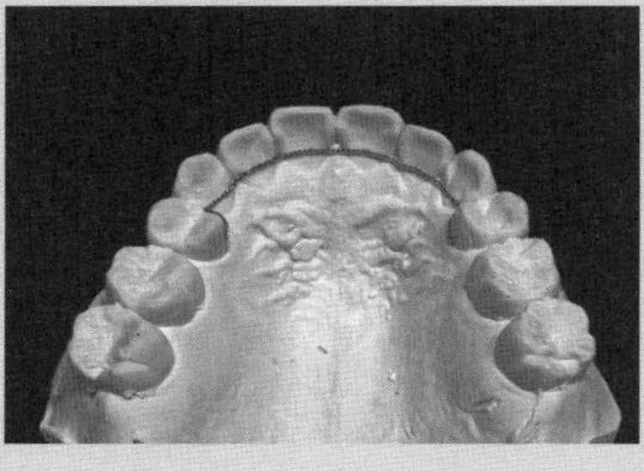

전문 용어로 Fixed retainer라고 불리며 흔히 전치부 설면에 얇은 철사를 붙여서 치아가 원래 자리로 돌아가지 못하도록 잡아주는 역할을 한다. 치아에 단단히 고정하기 때문에 탈착하는 데에 불편함이 없다.

2. 가철식 유지 장치

환자가 직접 탈착할 수 있다는 특성상, 장치의 효과를 제대로 활용하기 위해서는 환자가 매일 스스로 껴야하는 의지가 필요하다. 주로 와이어를 이용한 Wrap around retainer, Hawley retainer를 이용하지만 요즘은 투명 유지 장치와 같은 심미성이 좋은 유지 장치도 많이 사용한다.

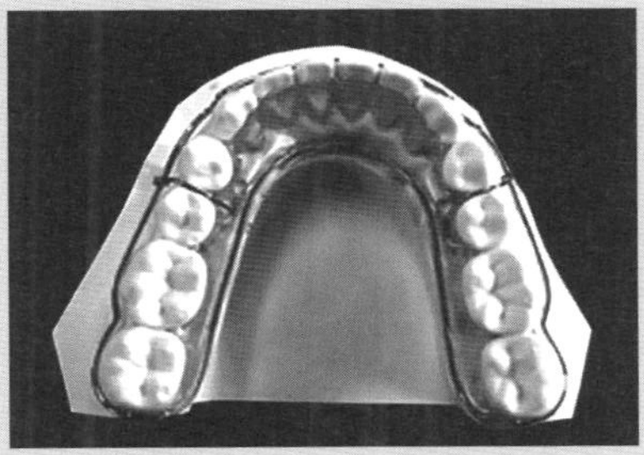

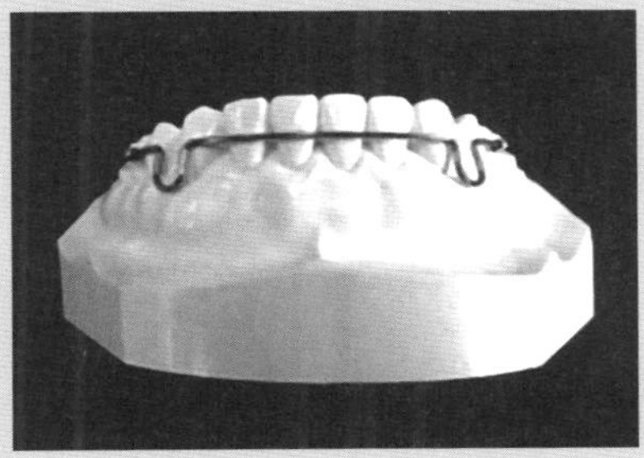

치과기공사 대표 분야

1. 덴쳐

오래전부터 치아가 상실된 환자의 경우에 흔히 틀니라고 불리는 덴쳐를 사용해 치료해왔다. 최근 임플란트가 보편화되고 수술이 발달 되면서 덴쳐 수요가 상당히 줄어들게 되었지만 잇몸 상태가 좋지 않거나 다양한 이유로 임플란트 식립이 불가능한 환자들에

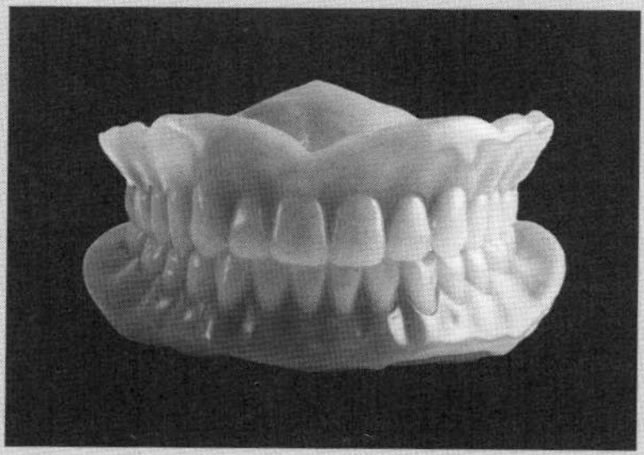

게는 가장 효과적인 치료 방법이다. 또 다른 장점으로는 임플라트 치료 비용보다 상당히 저렴하고 65세 이상 의료급여 수급자들을 대상으로 최대 70%의 시술 비용을 지원하기 때문에 비교적 접근성이 높다.

틀니는 크게 부분 틀니와 전체 틀니로 나눌 수 있는데 치아가 모두

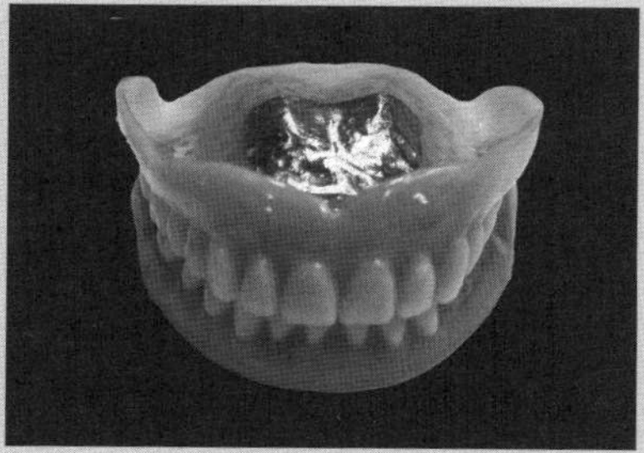

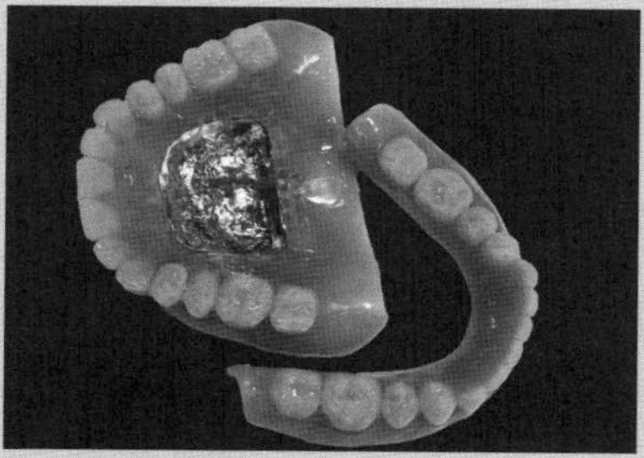

출처: 채움치과기공소

상실되었을 경우는 전체 틀니를 제작하며 치아가 하나 이상 남아 있을 경우는 부분 틀니를 제작한다.
무치악(이가 다 빠진 이틀) 환자의 경우는 임플란트를 2개 또는 4개만 식립해서도 만들 수 있으며 비용뿐만 아니라 기능적으로도 큰 효과를 볼 수 있다.
다른 분야처럼 덴쳐도 디지털화되면서 다양한 케이스를 손쉽고 정확하게 만들 수 있게 되었다.

2. 크라운

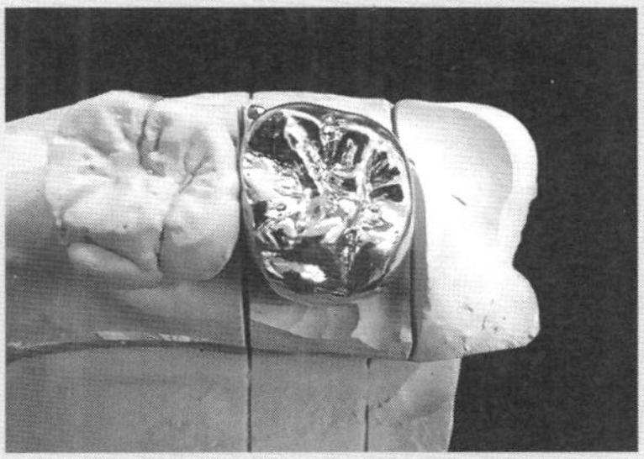

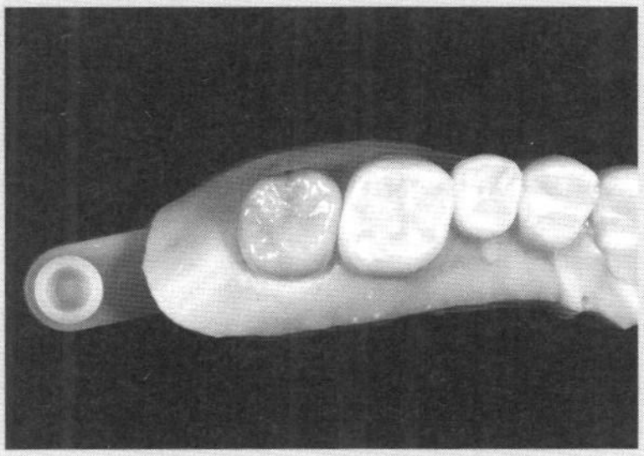

신경치료한 치아 일부를 삭제한 후에 치아 형태의 보철을 씌워 치료를 하는데 이때 사용되는 보철을 크라운이라고 한다. 제작

방식은 아날로그와 디지털 크게 두 개로 나뉘는데 디지털 방식 캐드캠(cad-cam)을 사용하여 제작하거나 아날로그 크라운 제작은 석고로 모델을 만들어 왁스 조각을 해서 제작한다.
아날로그 방식은 디지털 방식과는 다르게 치아 모형이 술자에 능력에 따라 많은 차이가 난다(그만큼 치아에 대한 지식과 경험이 중요하다). 제작과정을 간단히 설명하면 왁스 치아를 매몰하고(거푸집) 고온의 열을 가해 구워낸다. 녹은 왁스는 거푸집 안에서 음형의 공간을 만드는데, 이 공간에 금이나 금속을 넣는다. 마무리로 금속 물을 다듬어서 연마하면 크라운 보철이 완성된다.
요즘은 캐드캠을 이용한 지르코니아가 많이 쓰이지만 요즘 아날로그 보철도 상황에 따라 유용하고, 실용적으로 많이 사용되고 있는 방식이다.

3. 포세린

포세린(빌드업)은 지르코니아라는 새로운 소재의 등장으로 많이 쓰이지는 않지만 여전히 심미적인 보철물을 제작할 때 많이 사용된다.
금속구조물 코어 캡이나 코핑 같은 구조물 위에 파우더를 물이나 전용 액을 섞은 후에 붓을 이용해 제작한다. 파우더로 치아 외형을 만들었다면 바로 퍼네스(소환로)에 넣어서 고온으로 굽는다. 도자기를 굽는 방식으로 생각한다면 이해가 쉽다. 이때 소환로 안은 진공 상태가 되어 물과 파우더 사이 미세한 공간에 틈이 없게 만들어 준다. 강도가 올라가고 치아 색이 발현되면, 소환로에서 나온 후 수축이 일어난 외형을 디테일하게 잡아준 후 유약을 발라 글레이징의 과정을 거쳐 완성한다.

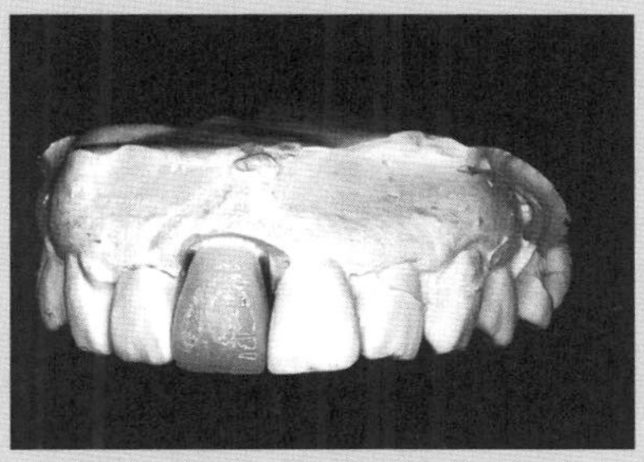

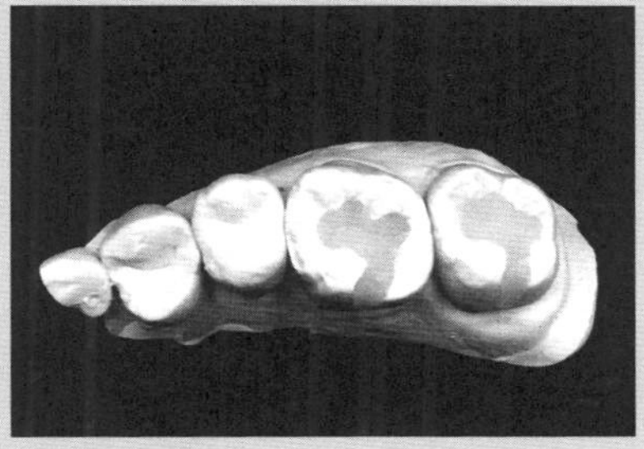

출처: 뉴이온치과기공소

과거 지르코니아는 치아에 투명층이 있는 법랑질(enamel) 재현이 어려웠다. 하지만 지르코니아에 대한 지속적인 연구 끝에 투명층 재현이 술자의 능력에 따라 어느 정도 가능해졌다. 불과 10년 사이에 일어난 일이다. 그래서 요즘은 포세린 대신 지르코니아를 주로 제작한다. 하지만 환자 케이스에 따라 포세린이 필요한 경우가 있다. 치아의 투명도를 높여야 하는 경우는 포세린으로 제작을 하면서 인접치아와 유사하게 제작이 가능하다. 실력이 좋은 기공사에 따라서 지르코니아로도 충분히 투명도 높은 치아를 재현할 수 있지만 현재는 포세린으로 제작하는 것이 더 효율적이다.

4. 교정

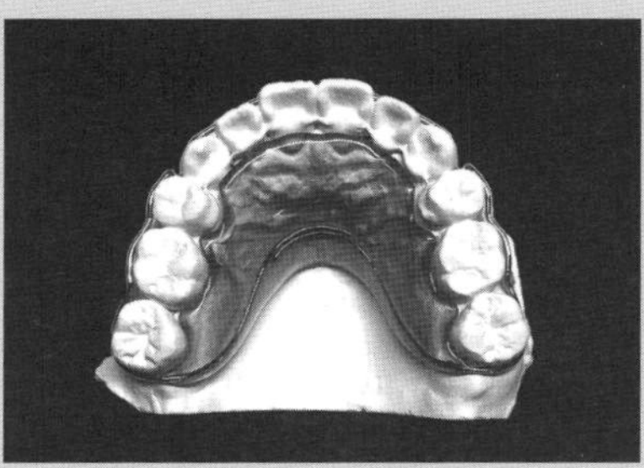

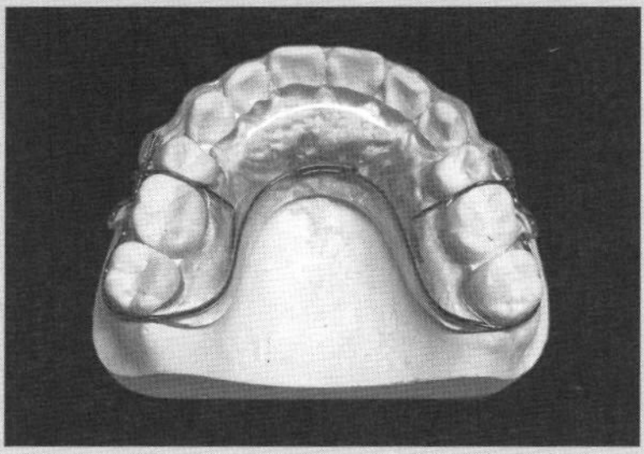

질긴 음식을 먹던 예전보다 가공되고 부드러운 음식을 많이 먹게 되면서 인간의 골격구조는 축소되었다. 이로 인해 상악전돌이나, 하악전돌, 교차교합 등 부정교합이 많이 발생되었다. 현대 사회에서 미에 대한 관심도가 늘어나면서 이런 부정교합 환자들이 치과에 방문하게 되었다.

교정 분야를 담당하는 치과기공사는 치료 과정 중 사용되는 다양한 교정 장치, 교정 치료가 끝난 환자의 치아 이동을 막기 위한 유지 장치 등 다양한 장치를 제작, 수리한다. 교정 분야에도 디지털 바람이 불면서 손쉽고 빠르게 투명교정 장치를 제작하기도 한다. 치과기공사들 사이에서 교정은 특출한 분야이다. 다른 분야처럼 왁스로 조작을 하고 거푸집을 만드는 과정을 거치지 않고 와이어와 레진을 이용한 작업을 주로 한다. 사용하는 재료와 도구가 다르기 때문에 치과기공사들의 업무 중에서도 극소수가 이 분야를 선택한다. 교정 관련 장치는 교정 분야 치과기공사들 말고는 제작이 쉽지 않다.

5. 캐드캠

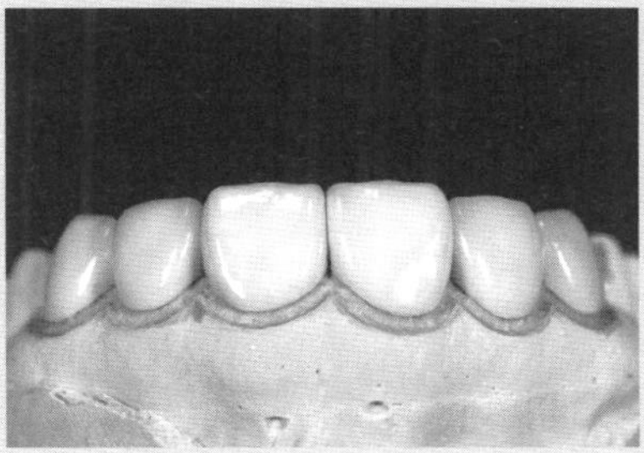

일반 보철에 디지털 시스템이 도입되면서 많은 변화가 생겼다. 디지털 방식으로 제작하게 되면 라이브러리라는 치아 형태가 화면에 바로 나타나는데 기존에 복잡한 절차를 걸쳐 손으로 제작하던 방식과는 다르게 cad를 이용해 손쉽게 보철물 제작이 가능하다. 디지털 방식의 제작은 아날로그 제작보다 생산성, 편리성이 뛰어나고 제작 속도를 단축시켜준다. 하지만 라이브러리에 작은 오류가 생길 경우 본인이 가진 보철 지식을 통해 수정해야 하는데 여기서 치과기공사들의 실력이 차이가 나게 된다.

재료는 금과 금속을 이용하는 과거와 다르게 지르코니아라는 금속화학물을 사용한다. 지르코니아는 색과 강도 두 마리 토끼를 다 잡은 재료이다. 수리도 용이해서 치아가 파절이 될 경우 아날

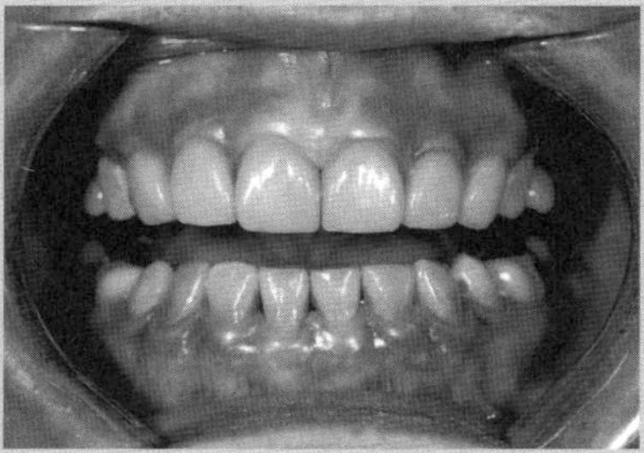

로그 보철 제작보다 손쉽게 수리, 제작이 용이해서 좋은 반응을 얻고 있다. 지르코니아는 치과기공 업계에 도입됨과 동시에 빠르게 보편화되어 많은 사용 중이다.

최근 디지털 바람이 불면서 졸업생들이 많은 지원을 하고 있지만 아날로그 방식부터 배워 나가는 것을 추천한다. 디지털에서 제공되는 대부분에 라이브러리는 수정이 필요한 경우가 많기 때문에 치아 형태에 대한 전문적 지식과 경험, 보철 제작에 대한 지식이 필수적이다. 분명 반대 의견을 가진 치과기공사도 존재할 것이다. 그러나 정답을 떠나서 자기 분야에 대한 폭 넓은 이해와 다양한 식견은 다른 사람과의 경쟁에서 우위를 점할 수 있으며 기술로 다퉈야 하는 직업적 특성에 큰 도움이 될 것이다.

미운 오리 새끼 시기 (ugly duckling stage)

6세에서 10세 사이 유치와 영구치의 교환 시기로 상악 송곳니가 나기 전까지 앞 중절치 사이가 벌어져 있는 시기를 말한다. 영구치는 유치보다 상대적으로 크기 때문에 영구치의 가지런한 맹출을 위해서 미리 공간을 확보하는 것이기 때문에 걱정하지 않아도 된다. 그러나 영구치 맹출 후에도 공간이 닫히지 않는다면 치과에 방문해야만 한다.
아무래도 보호자가 보기에는 아이의 치아가 틀어져서 자라는 건 아닐까 걱정되기도 하지만 걱정은 기우다. 미운 오리가 자라서 멋진 모습으로 성장하듯, 가지런한 치아 맹출을 위한 성장의 과정이기 때문에 '미운 오리 새끼 시기'라는 이름을 붙인다.
오히려 아이가 중절치 사이가 벌어져서 자라지 않는다면 영구치를 맹출하기 위한 공간이 확보되지 않아서 치열이 틀어질 가능성이 높다. 미리 치과에 방문하여 예방교정을 하는 것이 좋다.

부록2

단골 질문

1. 절치(앞니) 뒤에 붙은 와이어(fixed retainer)가 끊어지거나 떨어지면 어떻게 해야 하나요?

만약 가철식 장치의 와이어가 끊어지거나 치아에서 떨어졌을 경우는 바로 치과에 방문해서 수리 또는 새롭게 제작해야만 합니다. 교정 치료는 비용이 많이 들기 때문에 와이어가 끊어졌을 경우 치과 방문을 꺼려하는 환자가 많은데, 치아가 원래 자리로 되돌아가서 다시 교정을 하는 비용을 생각한다면 하루라도 빨리 방문하기를 추천합니다.
주로, Fixed wire가 끊어졌을 경우 어떻게 수리되는가에 대해 질문하는 사람들이 많은데, 우선 끊어지면 바로 치과에 방문해야 하며 끊어진 부분만 딱 잘라내서 연결 부위를 수리하거나, 전체 wire를 때어내고 새롭게 제작하는 경우가 있습니다. 방법은 치과마다 다르며 치과기공사는 의사가 원하는 모든 방식으로 제작이 가능합니다.

2. 가철식 유지 장치는 얼마나 착용해야 하나요?

잠들기 전에만 착용하면 된다고 말하는 곳이 있는 반면에 식사 시간을 제외하고는 전부 착용하라고 하는 치과도 있습니다. 장치를 제작하는 입장에서는 최소 6개월은 식사 시간을 제외하고 전부 착용하고 있기를 권합니다.
가끔 환자들이 잘 꼈는데 치아가 이동한 거 같다는 이야기를 할 때가 있습니다. 그러나 환자들의 구강 모델을 보면 다 알 수가 있는데, 장치를 잘 낀 환자들의 모델은 잇몸에 가철식 장치로 눌린 흔적이 남아있습니다. 그러나 평소 장치를 착용하지 않는 환자는 자국 없이 매끈합니다. (전문가를 속일 수는 없답니다.)

3. 가철식 교정 장치나 덴쳐 세척과 관리는 어떻게 하나요?

약국에 가면 세정제를 판매하고 있습니다. 아니면 치과에 방문해서 초음파 세척기로 세척 하는 방법도 있습니다. 그러나 가장 좋은 관리는 식사 후에 바로 양치를 하고 가철식 장치도 와이어를 피해 레진 부분만 닦아준 후에 바로 착용하는 것이 가장 좋습니다. 양치를 자주 하지 않으면 분홍색을 띄는 레진에 구취가 스며들어 냄새가 심하게 날 수 있고 변색이 되어 불쾌감을 느낄 수도 있습니다.

4. 혹시 치과기공사한테 직접 제작 의뢰하면 저렴하게 가능한가요?

보철물을 만들거나 치아 교정 관련 장치를 만드는 직업이다 보니 간혹 치과를 거치지 않고 치과기공사에게 제작을 부탁하는 경우가 있습니다.
그러나 의료법에 명시되어 있습니다. 치과기공사는 의료행위를 해서는 안 되며, 이를 어길 시 벌금, 자격정지 또는 징역의 벌을 받게 됩니다.

5. 어느 치과를 가야 할까요?

서른 곳이 넘는 치과와 거래를 하다 보니 다양한 환자들의 치아 모형이 들어옵니다. 가끔은 '정말 예쁘게 마무리 되었구나'라는 생각이 들 정도로 어려운 케이스의 치아 배열을 예쁘게 완성하는 치과를 발견 할 때가 있습니다. 치과기공사만큼 치과 의사도 기술과 경험이 중요한 직업이기 때문에 어쩔 수 없는 서로간의 기술에 차이가 존재합니다.
혹시 주변에 치과기공사가 있다면, 여러 가지를 비교하여 나의 치료 상황에 맞는 치과를 추천받을 수 있을 수도 있습니다.

6. 치과기공사는 돈을 많이 버나요?

선배 치과기공사들은 정말 많은 돈을 벌었다고 합니다. 그래서 기술직을 선호하던 부모님들은 자식들을 치과기공과에 보내는 경우가 많았습니다. 그러나 요즘은 예전처럼 돈을 많이 벌지는 못합니다. 물가 상승에 비례해 거래 청구 금액의 상승은 잘 이루어지지 않고 있으며, 워라벨을 추구하는 소장님들이 새롭게 나타나면서 예전만큼 많은 돈은 벌지 못하지만 예전보다 작업 환경이 많이 좋아졌습니다.

7. 직업 특성상 야근이 많은가요?

야근의 유무는 치과기공소마다 다르지만, 대부분 치과기공소는 학생들의 방학기간이나 직장인들 휴가 시즌, 연휴를 앞두고 있는 날이면 평소보다 일의 물량이 많기 때문에 야근을 피할 수가 없습니다.
요즘 젊은 세대가 새롭게 치과기공소를 오픈하면서 과거 자신의 모습을 후배들이 겪지 않기를 바라는 마음에 야근 없는 기공소를 만들기 위한 변화를 시도하려는 모습을 자주 볼 수 있습니다. 아마 시간이 조금 더 흐른다면 눈에 띄게 선명한 변화가 있지 않을까 기대하고 있습니다.

8. 치과기공사가 되려면 해당 학과를 졸업해야만 가능한가요?

대학, 산업대학, 전문대학에 있는 치기공과를 반드시 졸업해야 하며 국가에서 시행하는 시험에 합격한 후에 보건복지부장관이 허가한 면허를 받아야 업무가 가능합니다. 만약 자격증이 없는 사람이 치과기공 업무를 하게 된다면 의료법에 명시된 대로 처벌 대상이며, 이를 고용한 기공소도 법적인 처벌을 받을 수가 있습니다.

9. 기공소가 아닌 곳에서 일하는 치과기공사는 없나요?

치과기공사가 일하는 곳은 대표적으로 치과기공소와 치과기공실이 있습니다.
치과기공소는 많은 치과와 거래를 하면서 다양한 사례의 기공물을 제작할 수 있는 기회가 많이 주어집니다. 그렇기에 기술적으로 빠른 성장을 원한다면 치과기공소에 취직하기를 추천합니다.
치과 안에 있는 치과기공실에서 일을 하게 되면 환자, 치과의사와 조금 더 밀접하게 일을 할 수 있다는 점이 다릅니다. 또 본인이 만든 기공물이 환자에게 어떻게 사용되는지 본다는 건 치과기공사에게 많은 공부가 되기도 합니다. 그러나 해당 치과 안에 소속된 직원이다 보니 다양한 사례의 기공물을 제작해 보기가 어렵다는 단점이 있습니다.
또 기공물을 만드는 것이 적성에 맞지 않은 사람들 중에는 치과재료 업계에서 일하는 경우도 있습니다.

10. 현직 치과기공사가 바라보는 업계의 미래전망은 어떤가요?

개인적인 생각으로는 아래의 조건이 충족된다면 한 없이 밝다고 생각이 듭니다.
치과기공사들 사이에서 늦게까지 야근했던 본인의 경험을 마치 훈장처럼 이야기 했던 날이 있었습니다. 그러나 이런 이야기는 오히려 직업에 대한 반감을 가지게 합니다. 요즘은 문화와 생각이 바뀌면서 점점 워라밸을 추구할 수 있는 기공소가 많이 생겨나고 있습니다. 이렇게 '인간다운' 삶의 가치를 중요하게 여기는 기공소가 늘어난다면 분명 치과기공사를 꿈꾸는 학생들도 늘어날 것이고, 기존 치과기공사들의 삶도 날로 행복해질 것이라고 생각합니다.
기술적인 면을 보면, 아날로그 제작과 디지털 방식의 장단점이 각각 존재한다고 생각합니다. 현시점에서 무엇이 더 뛰어나다고 정의 내리기는 어렵지만, 미래에는 디지털 방식이 치과기공의 모든 업무를 대체할 날이 분명히 올 것입니다. 그렇기 때문에 지금 현재 하고 있는 일에 대한 태도가 중요합니다. 두 가지 방식을 모두 능숙하게 다룰 줄 알아야 하며 변화를 수용하는 태도가 필요합니다. 또 새롭게 얻은 지식을 기술적으로 응용해 보는 도전 의식도 필요합니다.
결국 치과기공사의 미래는 개인의 생각과 의지, 그리고 일에 대한 태도에 달려있다고 볼 수 있습니다.

저는 치과기공사입니다

초판 1쇄 인쇄 2024년 9월 5일
1쇄 발행 2024년 9월 15일

지은이 이푸름
대표·총괄기획 우세웅

책임편집 김휘연
북디자인 김세경

종이 페이퍼프라이스㈜
인쇄 ㈜다온피앤피

펴낸곳 슬로디미디어
출판등록 2017년 6월 13일 제25100-2017-000035호
주소 경기 고양시 덕양구 청초로66, 덕은리버워크 지식산업센터 A동 15층 18호
전화 02)493-7780 **팩스** 0303)3442-7780
홈페이지 slodymedia.modoo.at **전자우편** wsw2525@gmail.com

ISBN 979-11-6785-224-3 (03810)